GARDEZ L'ŒIL OUVERT

Victoria Charlton, surnommée à juste titre « la reine québécoise du *true crime* », a couvert plus de 300 histoires criminelles et étranges sur sa chaîne YouTube, qui totalise plus de 100 millions de vues. Après les best-sellers de *Gardez l'œil ouvert* tomes 1 et 2, elle a publié avec Alexandre Soublière le roman *Et tombent les têtes*.

VICTORIA CHARLTON

Gardez l'œil ouvert

15 histoires de disparitions mystérieuses

ÉDITIONS DE L'HOMME

ISBN : 978-2-253-24241-3 – 1re publication LGF

Introduction

Merci à vous qui avez acheté ce livre. Que ce soit en ligne, dans une pharmacie, dans un aéroport… Que vous l'ayez emprunté à un ami, loué à la bibliothèque ou trouvé dans une librairie usagée… Si vous en avez feuilleté les premières pages, j'ai déjà atteint mon objectif : donner de la visibilité à des histoires oubliées.

Si vous aimez le monde du *true crime*, vous avez fait un bon choix en vous procurant ce livre. Si vous ne connaissez rien à ce genre, je préfère vous prévenir tout de suite : vous vous apprêtez à entrer dans un monde sombre, parfois saugrenu, rempli d'obsessions, de souffrances et, étrangement, assez addictif. Croyez-moi, une fois qu'on y a plongé, on n'en sort jamais !

Les 15 histoires de disparitions que j'ai choisies me hantent depuis des mois, voire des années. Chacune d'elles renferme son lot de mystères et de questions sans réponse. Chacune est unique et hors du commun. D'ailleurs, mon éditrice m'a fait remarquer qu'au début de chaque chapitre, j'utilisais toujours la même phrase pour introduire mon récit : « Cette histoire est la plus bizarre que j'aie entendue » ! J'ai dû limiter cette formule pour ne pas tomber dans la répétition mais, en fait, je le pense sincèrement. Chacune des disparitions relatées dans ce livre est juste complètement incroyable. Mais surtout, chacune est extrêmement triste.

Ce livre, je l'ai écrit pour rendre hommage aux personnes disparues. À ces victimes qu'on a tendance à oublier trop rapidement. Leur histoire tragique fait les manchettes des journaux pendant quelques jours et, très vite, on passe à un autre fait divers aussi terrible que le précédent. Je veux changer ça.

Je n'ai pas la prétention de penser que ce livre pourra résoudre l'énigme de leur disparition. Mais j'ai celle de croire en mes capacités à partager leur récit et à convaincre mes lecteurs de leur importance.

J'ose espérer que ce livre nous rapprochera un peu de la vérité et que, réellement, les gens seront plus attentifs et qu'ils *garderont l'œil ouvert*.

CHAPITRE 1

Laureen Rahn – Évanouie dans la nuit

Il est 1 h 15 du matin, ce dimanche 27 avril 1980, quand Judith entre dans son immeuble. L'édifice est plongé dans l'obscurité. « Avons-nous eu une panne de courant ? » demande-t-elle à son conjoint. Elle réussit à voir que chacune des ampoules au plafond a été dévissée. « Qui ferait une telle chose ? » dit Judith. « Ce n'est probablement qu'une mauvaise blague faite par les enfants du quartier », avance son amoureux. De peine et de misère, ils se rendent au troisième étage. Les ampoules ont été retirées dans l'immeuble au complet ! Il fait si noir que le couple doit se tenir aux murs pour se guider dans les corridors. En arrivant devant son appartement, Judith est surprise de constater que la porte est déverrouillée. Laureen, sa fille, l'aurait-elle laissée ainsi ? Ce n'est pourtant pas dans ses habitudes. Ils entrent dans l'appartement en faisant attention de ne pas réveiller l'adolescente. Judith va vite s'assurer que Laureen est dans sa chambre. En jetant un coup d'œil rapide dans le cadre de porte, elle aperçoit sa fille endormie dans son lit. Soulagée, elle se rend à la salle de bains afin de se préparer à aller se coucher elle aussi. Vers 3 h du matin, son conjoint lui demande : « Pourquoi la porte arrière est-elle entrouverte ? » Irritée par l'irresponsabilité de sa fille, Judith décide de réveiller Laureen pour lui faire remarquer qu'elle a laissé toutes les portes déverrouillées. Elle entre dans sa chambre, se penche vers elle… et se rend compte que la personne couchée dans le lit n'est pas Laureen.

Une adolescente ordinaire

Cette histoire me plaît particulièrement à cause de tout le mystère qui l'entoure. Chaque détail est étrange, chaque bribe d'information ne fait que nous laisser encore plus perplexes. « Mais pourquoi ? » est la question qui revient toujours sur nos lèvres. D'ailleurs, cette affaire apparaît souvent dans le top 10 des disparitions les plus mystérieuses. Les YouTubeurs de *True Crime* en raffolent puisqu'elle est carrément BIZARRE. Malheureusement, comme elle s'est passée il y a longtemps, plusieurs informations sont manquantes. Il est difficile d'avoir l'heure juste sur certains détails qui pourraient orienter le public ayant envie d'apporter son grain de sel à l'enquête. Les détectives en charge ont dû emporter toutes ces informations avec eux lorsqu'ils ont rangé le dossier de Laureen Rahn dans les *cold cases*.

Laureen Rahn est une jeune femme de 14 ans, mais elle pourrait avoir l'air plus jeune. Elle est toute petite : elle mesure à peine 1 m 60 et pèse 40 kg. Elle aime chanter et danser, son plus grand rêve est de devenir actrice. Mais pour l'instant, Laureen est comme toutes les autres filles de son âge. Elle étudie à l'école Parkside Junior High, où elle excelle dans toutes les matières. Elle habite seule avec sa mère, Judith, dans un petit appartement de la ville de Manchester, au New Hampshire. Nous n'avons aucune information sur l'endroit où se trouve le père de Laureen ; il ne semble pas être dans le décor puisque aucun article ne fait mention de lui.

Commençons par le commencement et revenons au jour de la disparition de Laureen. Nous sommes le samedi 26 avril 1980, durant la semaine de relâche. Judith doit partir à l'extérieur de la ville pour le tournoi de tennis de son conjoint, qui est joueur professionnel. Laureen a l'habitude de les accompagner durant les fins de semaine, mais cette fois-ci, elle demande la permission à sa mère de rester à la maison et d'inviter quelques amies pour la soirée. Connaissant la nature tranquille de sa fille, Judith accepte sans hésiter. Pour la forme, elle ordonne quand même à Laureen de rester sage. Je vais vous livrer ici la reconstitution de la chronologie de cette soirée, que j'ai pu retracer grâce aux articles consacrés à cette affaire. Les détails manquent, cependant. En effet, les amis de Laureen ont longuement été interrogés mais actuellement, nous n'avons aucune idée des questions précises qui leur ont été posées.

Nous savons en revanche que le jeune homme qui a passé la soirée avec elle et une autre amie le 26 avril 1980 s'est suicidé quelques années après la disparition de Laureen.

Je suis obligée de me poser des questions sur ce suicide. Avait-il quelque chose à se reprocher ?

Comme plusieurs adolescentes de son âge, Laureen profite de l'absence de sa mère pour inviter, en plus d'une amie, un garçon de son entourage. (Ces deux personnes étant mineures au moment des faits, leur anonymat a été conservé dans les médias.) Ensemble, les trois amis se rendent à l'épicerie du coin pour acheter de la bière et du vin. Comme ils connaissent bien le commis, ils sont capables de se procurer de l'alcool malgré leur jeune âge. Ensuite, le trio décide de passer toute la soirée chez Laureen à boire et à échanger les potins de l'heure. Bien qu'illégal, ce fut un samedi soir agréable et plutôt inoffensif. Durant la soirée, l'ami de Laureen entend des voix dans le corridor. Pensant que c'est Judith qui revient déjà à la maison, il prend peur et décide de fuir par la porte arrière. Il sait que la mère de Laureen n'aurait pas apprécié qu'elle ait invité un garçon sans supervision et il ne veut pas avoir de problèmes. Le jeune homme quitte l'appartement en vitesse, mais entend tout de même Laureen verrouiller la porte derrière lui. L'adolescent file rapidement chez lui. Si en plus Judith les avait surpris en train de boire de l'alcool, elle se serait vraiment mise en colère ! Mais au final, les voix entendues dans le corridor n'étaient pas celles de Judith et de son conjoint, mais celles des voisins de palier. De toute façon, il commence à se faire tard. Judith va bel et bien finir par rentrer. Ainsi, pas trop longtemps après, Laureen et son amie décident d'aller se coucher. Généreuse, l'adolescente permet à cette dernière de dormir dans son lit tandis qu'elle se contente du canapé du salon. Les deux jeunes filles s'endorment séparément.

Ce fut la dernière fois qu'on vit Laureen Rahn.

À MES YEUX…

Cette disparition passionne tous les adeptes de *True Crime* puisqu'il y a plusieurs indices qui sont certes étranges, mais surtout très perturbants. Néanmoins, je dirais que malgré la popularité de cette affaire aujourd'hui, il est fâchant de constater le peu de couverture médiatique qu'on lui a donné à l'époque. Plusieurs informations importantes sont manquantes et quelques détails semblent flous. Par exemple, les ampoules de l'immeuble ont été dévissées. Est-ce qu'elles étaient complètement retirées, ou légèrement dévissées ?

Est-ce que des empreintes digitales ont été prélevées sur les ampoules en question ? Est-ce un indice important ou seulement une coïncidence ? Autre exemple, nous savons que Laureen a une sœur puisque les articles mentionnent plus tard des appels mystérieux reçus par Judith et la *sœur de Laureen*, mais à aucun moment on ne donne plus de détails. Est-ce que c'est une demi-sœur ? Quel âge a-t-elle ? Où était-elle la soirée du 26 avril ?

Judith réveille l'amie de Laureen qui dort dans le lit de sa fille : « Où est Laureen ? » lui demande-t-elle, paniquée. L'amie, endormie et encore sous l'effet de l'alcool, lui dit que Laureen est couchée dans le salon. Judith la brasse un peu : « Non, elle n'est pas là ! Où est ma fille ? » L'amie de Laureen lui avoue qu'elle ne se souvient de rien. Elles ont bu pas mal ce soir-là. En panique, c'est à 3 h 45 du matin que Judith Rahn appelle la police pour signaler la disparition de sa fille.

Dans le salon, Laureen a laissé derrière elle les nouvelles espadrilles qu'elle venait de recevoir pour son anniversaire, ses vêtements et son sac à main contenant tout son argent de poche.

Quelque chose m'embête ici. Dans la description de Laureen, on dit qu'au moment de sa disparition, elle portait un jean bleu, un chemisier bleu à carreaux et des chaussures marron. Mais alors, lorsqu'on dit avoir retrouvé les vêtements de Laureen dans le salon, de quels vêtements s'agissait-il ? Pourquoi portait-elle un jean au moment de sa disparition si c'était au beau milieu de la nuit ? Laureen ne dormait-elle pas en pyjama ? Peut-être qu'elle était si ivre qu'elle s'est tout simplement endormie avec ses vêtements de la soirée… Ces informations semblent des détails anodins, mais elles sont cruciales pour faire avancer l'enquête.

Une fugue... ou un enlèvement ?

Dès le départ, les policiers ont traité la disparition de Laureen comme une fugue. Une jeune femme de 14 ans disparaît pendant que sa mère est à l'extérieur de la ville ? Ce n'est pas la première fois que les enquêteurs font face à ce genre de scénario. D'autant plus que Judith, en tant que mère monoparentale, est encore plus sous le radar des policiers. On la soupçonne d'avoir eu une dispute avec sa fille et que Laureen, fâchée, se soit enfuie. Mais Judith ne cesse de répéter que c'est impossible ! Laureen n'aurait pas invité son amie à la maison si c'était pour s'en aller au beau milieu de la nuit. De plus, Judith avait une bonne relation avec sa fille. Elles ne s'étaient pas disputées récemment. Et si Laureen avait fugué, elle aurait emporté son portefeuille, ses nouvelles chaussures, quelques vêtements de rechange, non ? Les inspecteurs ne veulent rien entendre.

Au bout de plusieurs mois et de longues recherches qui n'aboutissent pas, on offre une nouvelle hypothèse. Et si Laureen avait quitté sa maison dans le but de revenir, mais que quelque chose l'avait empêchée de retourner chez elle ? C'est possible, bien sûr, mais pour ma part, j'ai une meilleure hypothèse. Et si Laureen s'était fait enlever ? Je ne comprends pas pourquoi les policiers n'ont pas tout de suite pensé à cette théorie qui est, selon moi, la plus évidente. En ce sens, Judith Rahn a fini par faire appel au FBI pour qu'on l'aide à retrouver sa fille. Comme il n'y avait aucune preuve de kidnapping, les agents du FBI lui ont répondu qu'ils ne pouvaient pas l'aider. Il faut savoir que l'appartement ne montrait aucun signe d'agression. De toute façon, si quelqu'un y était entré par effraction et avait attaqué Laureen, son amie aurait probablement tout entendu, vous ne croyez pas ? Mon hypothèse est donc la suivante : quelqu'un ou quelque chose a dû attirer Laureen à l'extérieur. Un bruit étrange ? Un voisin en détresse ? Un ami de cœur qu'elle devait rencontrer ? Le miaulement d'un chat abandonné ?

Quelqu'un aurait-il orchestré une mise en scène pour kidnapper Laureen ?

Ça pourrait expliquer les ampoules dévissées, non ? En sortant de chez elle, curieuse et vulnérable, Laureen Rahn se serait fait prendre au piège et on l'aurait kidnappée, juste comme ça, en l'espace de quelques secondes.

Des milliers de kilomètres plus loin…

Avec du recul, il est facile de constater que l'enquête a été mal dirigée. Les semaines passant, Judith voyait que les chances que sa fille revienne saine et sauve à la maison s'amenuisaient. Pourtant, son instinct maternel lui envoyait des signaux ; quelque chose lui disait que Laureen était encore en vie. Le 1er octobre 1980, environ six mois après la disparition de Laureen, une nouvelle piste est venue raviver l'enquête. Judith Rahn révisait ses relevés de carte de crédit quand elle a vu qu'on lui avait facturé trois appels passés en juillet de cette même année. Ces appels provenaient de la Californie. Originaire du New Hampshire, Judith ne connaissait personne là-bas. Pourtant, la personne qui avait passé ces coups de fil devait nécessairement connaître ses informations bancaires pour pouvoir les facturer sur sa carte de crédit. Et si c'était Laureen ?

Deux appels ont été faits à partir d'un motel de Santa Monica. La personne tentait de joindre un autre motel à Santa Ana. Le troisième appel a été passé à une ligne téléphonique d'assistance – plus communément appelée une *hotline* – pour les adolescents ayant des questionnements sur leur sexualité (*sexual assistance hotline for teenagers*). Le responsable de cette ligne téléphonique, un chirurgien plastique de la Californie, a nié toute connexion avec la disparition de Laureen Rahn. Les enquêteurs ont donc rapidement clos le dossier de ces mystérieux appels. Judith, non satisfaite de cette réponse, s'est tournée vers un détective privé pour qu'il lui vienne en aide.

DES APPELS QUI DONNENT FROID DANS LE DOS

Dans les mois suivant la disparition de sa fille, Judith a commencé à recevoir des coups de téléphone, et cela a duré pendant plus d'un an. Ils se produisaient la nuit, toujours à la même heure, entre 3 h et 4 h. Chaque fois, la personne au bout du fil ne parlait pas. Au début, Judith pensait que ces appels pouvaient provenir de Laureen, mais au bout d'un moment, elle a réalisé que c'était probablement une mauvaise blague. D'ailleurs, pendant plusieurs années consécutives, Judith a reçu le même type d'appel le jour de Noël.

Chaque fois encore, l'interlocuteur anonyme restait silencieux. Finalement, au bout de quelques années, Judith a déménagé en Floride et les appels ont cessé.

La tante de Laureen, Janet, affirme avoir aussi reçu plusieurs appels étranges. C'est arrivé quelques fois qu'une jeune fille appelle chez Janet et demande à parler à un certain Mike. Le fils de Janet, Michael, ne se faisait jamais appeler Mike… sauf par sa cousine, Laureen. Or, chaque fois qu'il prenait la ligne, la personne au bout du fil raccrochait. S'agissait-il d'un canular ? C'est possible. Les coups de téléphone sont des blagues bien cruelles, mais si faciles à mettre à exécution ! Puis, en 1986, un ami d'enfance de Laureen nommé Roger Maurais a également reçu un appel étrange. Quand le téléphone a sonné, c'est la mère de Roger qui a répondu. La personne au bout du fil prétendait être une dénommée Laureen, ou Laura, et elle disait être l'ancienne petite amie de Roger. On n'a jamais pu confirmer si l'appel avait bel et bien été fait par Laureen. De son côté, Roger dit ne connaître qu'une seule Laureen : son amie disparue. Mais il affirme ne jamais avoir été son petit ami. Cet appel devait être un autre canular cruel.

En 1985, cinq ans après la disparition de Laureen, le détective privé s'est rendu en Californie pour questionner davantage ce fameux chirurgien plastique. Bizarrement, le docteur a changé sa version des faits. Il a avoué que sa femme et lui accueillaient des adolescentes en fugue dans leur maison afin de leur donner un coup de main. Encore une fois, de nombreuses questions se posent. Qui étaient ces jeunes filles et comment atterrissaient-elles chez ce chirurgien ?

Est-ce qu'il leur proposait un refuge par le biais de la *hotline* ? Lors de l'enquête du détective, le chirurgien a dit que parmi toutes ces jeunes femmes, en effet, l'une d'elles était une jeune fille du New Hampshire qui s'était présentée avec une femme plus vieille. Était-ce Laureen ? On ne peut pas le confirmer. Le détective a aussi découvert qu'une femme du nom d'Annie Sprinkle aidait le chirurgien et sa femme à prendre soin des jeunes fugueuses. Or, Sprinkle était connue à l'époque puisqu'elle avait eu différents rôles dans des films pornographiques à succès.

Que se passait-il dans la maison du chirurgien ?

Un réseau de trafic humain ?

Le détective privé a visionné tous les films où figurait Annie Sprinkle dans le but d'y apercevoir Laureen ou d'y trouver un quelconque indice pouvant mener à elle. Cette piste n'était cependant pas la bonne. En fait, il n'y a aucune preuve qu'Annie Sprinkle ait déjà rencontré Laureen. Toutefois, je ne peux m'empêcher de trouver toute cette histoire très louche. Pourquoi une femme de l'industrie de la pornographie aiderait-elle des adolescentes en fugue ? Pourquoi un chirurgien de la Californie et sa femme accueilleraient-ils ces dernières à leur domicile ? Et qu'en est-il de la ligne d'assistance sexuelle pour adolescents ? Je ne savais même pas qu'un tel service pouvait exister ! Un homme d'âge mûr est-il vraiment le mieux placé pour conseiller des jeunes ayant des problèmes avec leur sexualité ? Sans vouloir trop m'avancer sur le sujet, je pourrais dire sous toute réserve que cette affaire pourrait ressembler à une sorte de réseau de trafic humain.

Au fil des années, plusieurs témoignages et rumeurs semblent indiquer que Laureen aurait pu être embarquée dans une affaire de ce genre. Ainsi, plus tard dans son enquête, le détective a découvert que le motel de Santa Monica d'où les appels avaient été passés était souvent fréquenté par un homme surnommé Dr Z., soupçonné d'être un producteur de films mettant en scène de la pornographie juvénile. Très peu d'informations circulent à propos de ce fameux Dr Z et, malheureusement, nous n'avons jamais pu relier cette affaire à Laureen Rahn. Et si Laureen avait réellement fugué et s'était rendue en Californie dans le but de réaliser son rêve de devenir actrice ? Innocente, elle se serait peut-être fait enrôler dans l'industrie de la pornographie malgré elle. Évidemment, sans preuve concrète, cette piste reste du domaine de l'hypothèse.

Avec ses cheveux brun foncé et ses yeux bleu clair, Laureen est très belle certes, mais elle a un visage assez commun. Depuis 1980, plusieurs personnes des quatre coins du pays jurent l'avoir aperçue. Par exemple, en 1981, un membre de la famille Rahn est certain d'avoir croisé Laureen au terminal d'autobus de Boston, Massachusetts. En 1988, un homme d'Anchorage, en Alaska, s'est présenté à la station de police en disant avoir vu la jeune Laureen Rahn travailler comme prostituée. On a bien fouillé la région, mais on n'a jamais pu confirmer ce témoignage.

Ne trouvez-vous pas que toute cette histoire est sans queue ni tête ? Essayons de démêler les fils et de trouver un sens à cette affaire. Évidemment, sans les noms des témoins clés, c'est très difficile. Nous ne connaissons pas le nom des amis de Laureen, ni de son père, ni de sa sœur, ni de son beau-père, ni du détective privé, ni du fameux chirurgien plastique, ni de sa femme ! Le cas de Laureen Rahn est un dossier fermé, mais sur le site officiel des *cold cases* du New Hampshire, on nous invite à faire part des indices qu'on pourrait posséder.

Difficile de raviver l'enquête
avec aussi peu d'informations !

De mon côté, j'ai fait quelques recherches sur Annie Sprinkle, puisque c'est le seul nom qui est divulgué dans toute cette affaire. Elle possède un doctorat en sexologie et est maintenant écrivaine, réalisatrice et activiste pour le mouvement féministe. Elle a un bagage important qui lui a valu une carrière impressionnante et inspirante. Ainsi, même si l'hypothèse du réseau de prostitution juvénile reste très crédible à mes yeux, je doute fortement que cette femme y ait été impliquée de près ou de loin. Mais est-ce que ses connaissances dans le domaine sexuel expliqueraient son implication dans cette affaire ? Est-ce qu'elle travaillait effectivement pour la *hotline* en aidant des adolescentes confuses ? Ça pourrait être une possibilité. J'en doute un peu puisque à l'époque, Sprinkle n'avait pas encore de formation de sexologue. Comme vous le voyez, cette intrigue semble bel et bien inextricable… Et elle se complique encore.

Des disparitions en série

Il est important pour moi de vous mentionner d'autres disparitions survenues à l'époque, qui pourraient être en lien avec celle de Laureen.

Un mois avant la disparition de Laureen, la jeune Rachael Garden, 15 ans, a disparu alors qu'elle marchait vers la maison de son amie, située à Newton, au New Hampshire. Il est curieux de comparer une photo de Rachael à celle de Laureen : les deux jeunes femmes se ressemblent énormément, c'en est confondant.

Puis, le 8 juin 1980, Denise Daneault, 25 ans, a disparu alors qu'elle se rendait à une fête. La jeune femme, comme Laureen, vivait à Manchester, au New Hampshire.

Le 26 novembre 1981, Denise Beaudin, 23 ans, a aussi disparu de Manchester. La jeune Denise vivait avec son petit ami de l'époque, un homme du nom de Bob Evans.

Le 13 novembre 1984, à Exeter, toujours au New Hampshire, c'est au tour de la jeune Tammy Lyn Belanger de disparaître. Elle a huit ans et s'est volatilisée alors qu'elle marchait jusqu'à son école. Comme dans les cas précédents, elle n'a jamais été retrouvée.

Enfin, la même année, le 13 juillet 1984, Shirley McBride, 15 ans, a disparu alors qu'elle était en route vers la maison de son petit ami de 21 ans qui vivait à Concord, au New Hampshire. Contrairement aux autres jeunes filles disparues, l'adolescente était reconnue pour traîner avec des « mauvaises personnes » et était impliquée dans différentes histoires de drogues. Encore une fois, la ressemblance entre Shirley, Rachael et Laureen est marquante. Trois jeunes adolescentes aux cheveux bruns courts avec une séparation au milieu.

Il est difficile de ne pas voir de lien entre ces six disparitions non résolues. Lire sur chacune de ces affaires m'a permis d'émettre d'autres hypothèses sur ce qui aurait pu arriver à Laureen Rahn. Une ancienne amie de Laureen a écrit dans un forum que sa mère et elle étaient très proches de leur voisin qui habitait au deuxième étage de l'immeuble. En enquêtant sur cet homme, on a appris qu'il était un délinquant sexuel inscrit. Évidemment, en aucun cas ces allégations peuvent le lier à la disparition de Laureen. Mais ça reste suspect, non ?

Mais voici une information plus troublante encore. Dans les années 1980, un homme du nom de Terry Peder Rasmussen vivait à Manchester sous une fausse identité : il utilisait l'alias Bob Evans. Ce pseudonyme vous dit-il quelque chose ? Remontez un peu dans le texte : j'en ai parlé plus haut. Vous l'avez ? Oui, c'est le petit ami de Denise Beaudin, disparue en 1981. Eh bien, imaginez que quelques années plus tard, il a été arrêté et mis en prison pour meurtre.

Aujourd'hui, on croit que Terry Peder Rasmussen aurait pu en fait être un tueur en série !

On le soupçonne d'avoir été impliqué dans plus ou moins cinq meurtres ou disparitions, y compris celles de sa fille biologique et de Denise Daneault, sa voisine au moment de sa disparition. Malheureusement, comme il est décédé en 2010, il ne peut nous le confirmer. En 1984, Terry Rasmussen vivait en Californie, donc il n'aurait pas pu être responsable de la disparition de Tammy Lyn Belanger et de Shirley McBride. Mais aurait-il pu enlever Laureen Rahn ?

En 1985, les cadavres d'une femme et d'une enfant ont été trouvés dans un baril caché dans une forêt du New Hampshire. Ces victimes n'ont pas encore été identifiées*, mais on juge que la femme aurait entre 23 et 33 ans et l'enfant entre 5 et 11 ans. En 2000, les policiers du New Hampshire ont trouvé un deuxième baril avec le corps de deux autres fillettes non identifiées* à l'intérieur. On n'a pas encore pu relier ces victimes à Terry Rasmussen, mais on a de forts soupçons sur sa culpabilité. Si un tueur en série rôdait à Manchester dans les années 1980, qui nous dit que Laureen n'a pas été l'une de ses victimes ?

* DU NOUVEAU DANS L'AFFAIRE RASMUSSEN

C'est fou à quel point ça bouge dans le monde de *True Crime*. Il y a quelques jours, j'écrivais ces lignes, et aujourd'hui, tout a changé ! Au mois de juin 2019, on a en effet pu identifier trois des quatre victimes mentionnées plus haut, après plus de 30 ans ! Les corps étaient ceux d'une mère et de ses deux enfants, Marlyse Elizabeth Honeychurch, 24 ans, Mary Elizabeth Vaughn, 6 ans, et Sarah Lynn McWaters, 1 an à peine. La dernière fois que cette femme a été aperçue, c'était en compagnie de Terry Rasmussen, en 1978. Le quatrième corps reste non identifié pour le moment, mais on croit qu'elle pourrait aussi être une victime du tueur en série.

La même chose s'est produite dans l'affaire de Timmothy Pitzen, dont je traite au chapitre 3. Il était 2 h du matin, je souffrais d'insomnie et faisais le tour de mes actualités sur Twitter quand j'ai vu que le petit garçon disparu depuis 2011 avait été retrouvé, sain et sauf ! Je venais tout juste de terminer mon chapitre sur sa disparition ! J'ai réveillé mon mari en criant : « Il a été retrouvé ! » Finalement, la vérité fut décevante… Vous en apprendrez plus au chapitre 3 !

*

Judith, maintenant âgée de 74 ans, est presque sûre que sa fille a été victime d'un crime. Elle chérit l'idée qu'elle est toujours vivante, mais en même temps, elle ne peut s'imaginer qu'elle soit encore en vie et qu'à aucun moment elle n'ait tenté de joindre sa propre mère. La pauvre dame continue d'espérer que l'affaire sera résolue un jour. Elle fait régulièrement appel à des médiums qui prétendent pouvoir l'aider dans ses recherches. Judith raconte que chaque fois, ceux-ci confirment que Laureen est encore vivante. J'ai de la difficulté à approuver le travail des médiums dans des affaires de meurtre ou de disparition puisque 99 % du temps, ce ne sont que des charlatans qui profitent du pauvre monde. Or, peut-être que dans ce cas-ci, leurs affirmations ont eu un effet positif sur Judith puisque 40 ans après la disparition de sa fille, elle continue de garder espoir. Et bien souvent, c'est l'espoir qui nous permet de survivre à une tragédie comme celle-ci. Aujourd'hui, Laureen Rahn aurait 53 ans. Où est-elle ? Où es-tu, Laureen ? Si tu lis ça, il est grand temps que tu reviennes à la maison.

CHAPITRE 2

Ray Gricar
– La disparition d'une personnalité publique

Le 26 juillet 2011, un homme dans la soixantaine est arrêté en Utah pour intrusion dans une propriété privée. Lorsque les policiers l'interrogent, l'homme est souriant, sympathique, mais il refuse de divulguer son identité. On le nomme John Doe jusqu'à nouvel ordre. Les enquêteurs demandent l'aide du public pour pouvoir identifier cet homme mystérieux, en affichant une photo de lui à la télévision et dans les journaux. Ils reçoivent des centaines d'appels de personnes qui croient savoir qui il est.

Quelques-uns affirment qu'il pourrait être le fameux D. B. Cooper, un pirate de l'air disparu en 1971. D'autres pensent qu'il pourrait être Frank Morris, l'évadé d'Alcatraz. Bien sûr, ces gens, ayant soif de mystère, oublient que Morris aurait alors 92 ans. John Doe n'a pas l'air si âgé. Mais un nom plus convaincant revient à plusieurs reprises : Ray

Gricar. Cet homme est porté disparu depuis six ans, dans des circonstances des plus mystérieuses.

La veille, le 25 juillet, l'État de la Pennsylvanie a déclaré Ray Gricar officiellement mort. Est-il possible que ce soit lui qu'on vient d'arrêter ?

En abordant ce chapitre, il est grandement conseillé de laisser toute distraction de côté – éteindre la radio, donner un os au chien, mettre son téléphone cellulaire en mode avion –, car vous vous apprêtez à lire une affaire très complexe qui va vous retourner le cerveau à l'envers ! Je peux facilement dire, avec le plus grand respect, que c'est mon histoire de disparition « préférée ». Cette affaire est si complexe qu'il est facile de se perdre parmi les nombreuses pistes et théories… Mais ça vaut vraiment la peine de s'y plonger. Très vite, vous deviendrez vous aussi obsédé par cette histoire et verrez Ray Gricar partout où vous irez. J'ai déjà cru l'apercevoir dans un restaurant d'ailes de poulet au Mexique, tellement je pensais souvent à lui ! Bien sûr, Ray Gricar était un homme important impliqué en politique, c'est pourquoi vous aurez probablement une sensation de déjà-vu en voyant son visage. Enfin… c'est l'explication que j'ai trouvée. Alors, allons-y. Serez-vous capable de résoudre cette affaire et de comprendre ce qui est arrivé à cet homme ?

Une personnalité publique… et controversée

Ray Gricar est né en 1945 à Cleveland, en Ohio, où il a passé une partie de sa vie. Il a un doctorat en droit et a exercé le métier d'avocat pendant plusieurs années. En 1985, la femme de Ray, Barbara Gray, a obtenu un poste d'enseignante à l'Université de la Pennsylvanie. L'avocat a donc décidé de suivre sa femme et d'être un homme à la maison pour s'occuper de Lara, une petite fille que le couple venait d'adopter. Mais sa nouvelle carrière de papa à temps plein ne dure pas puisque dès son arrivée en Pennsylvanie, on lui offre un emploi qu'il ne peut refuser. Le *district attorney* vient de prendre sa retraite et on lui propose de se présenter comme candidat pour le remplacer. Il accepte et obtient le poste avant d'être réélu à quatre reprises, en 1989, 1993, 1997 et 2001. Ray Gricar connaît ainsi une longue et brillante carrière, en s'impliquant majoritairement dans des affaires de viols et de meurtres.

À cause des nombreux systèmes judiciaires qui sont tous très différents, il est difficile de trouver l'équivalent de ce poste. Au Québec, il serait procureur de la Couronne. En France, il serait procureur de la République. Ray Gricar est en fait l'avocat qui représente le gouvernement lors de poursuites judiciaires.

Gricar est surtout connu pour l'affaire Jerry Sandusky, qui a été énormément médiatisée en Pennsylvanie. Jerry Sandusky était le coach de l'équipe de football de l'Université de la Pennsylvanie de 1969 à 1999. Aux États-Unis, le football collégial est presque aussi populaire que celui de la ligue nationale. L'équipe du Penn State est particulièrement reconnue puisqu'elle a gagné le championnat national durant deux années de suite et a aussi remporté le Big Ten Conference Championship à quatre reprises. En

1977, le coach Jerry Sandusky a fondé une œuvre de charité nommée Second Mile pour aider les enfants placés en famille d'accueil. Mais en 1994, le scandale a éclaté. Cinq garçons âgés de 7 à 13 ans ont déclaré que Sandusky aurait eu un comportement inapproprié avec eux. La mère d'un enfant de 11 ans, nommé Zac, a d'ailleurs porté plainte contre Jerry Sandusky quand son fils lui a dit que le coach l'avait forcé à prendre une douche avec lui. Sandusky a affirmé qu'en effet, il avait pris une douche avec le jeune garçon, mais que rien de déplacé n'avait eu lieu. Une longue enquête a été menée.

Finalement, Ray Gricar a décidé de ne pas poursuivre Sandusky, pour des raisons qu'on ignore encore aujourd'hui.

UNE DÉCISION DIFFICILE À COMPRENDRE

Ce verdict a soulevé beaucoup de colère chez les victimes et leurs proches. Certains ont accusé Ray Gricar d'avoir été payé par l'Université de la Pennsylvanie. Ceux qui connaissent Ray disent qu'il n'aurait jamais accepté de pot-de-vin. C'était un homme très honorable et compétent ayant un grand respect pour la justice. Ses collègues disent de lui qu'il aurait poursuivi sa propre mère ! Mais comme vous le verrez plus tard, l'affaire Sandusky ne s'est pas terminée avec l'abandon des charges par Ray… Et dans ces conditions, il est difficile de ne pas s'interroger sur les conséquences de ce verdict. Ont-elles un lien avec sa disparition ? Est-ce que l'avocat a contrarié plus de personnes qu'on ne le croit ?

En 1991, Barbara Gray et Ray Gricar ont divorcé. En 1996, il s'est remarié avec une femme du nom d'Emma, mais leur relation s'est terminée en 2001. En 2002, Ray a commencé à sortir avec une employée, Patty Fornicola. Ayant vécu deux divorces en 10 ans, Ray refusait de se remarier pour une troisième fois. Patty et lui ont donc opté pour l'union libre, vivant sous le même toit sans être mariés. Leur relation était différente de toutes celles que Ray avait eues antérieurement. Patty, travaillant aussi dans le domaine du droit, était une alliée de Ray. Le couple avait une relation saine et pacifique.

Le travail buissonnier

Le 15 avril 2005 à 11 h 30, Ray a appelé Patty pour lui dire qu'il n'irait pas au bureau. C'était une belle journée de printemps, l'une des premières de l'année. Ray a décidé de conduire sa Mini Cooper à la campagne et de faire le tour des magasins d'antiquités. Bien qu'il soit passionné par son travail, l'homme savait profiter des plaisirs de la vie. Ce n'était d'ailleurs pas la première fois qu'il feignait d'être malade pour pouvoir passer la journée avec sa petite amie ou faire de longues promenades en voiture. Aller à la chasse aux antiquités et conduire sa Mini Cooper pendant de longues heures, le vent dans les cheveux, étaient deux de ses passions. De plus, Ray Gricar avait déjà fait une annonce publique disant qu'il ne prévoyait pas de se présenter à la campagne de 2005, puisqu'il avait décidé de prendre sa retraite. À 59 ans, il ne lui restait que 8 mois avant d'avoir 60 ans et de pouvoir bénéficier de son fonds de pension. La retraite approchait et Ray ne pouvait en être plus heureux ; ainsi, il se permettait quelques journées de congé aléatoires. Comme il toucherait une pension à six chiffres, il savait que Patty et lui pourraient vivre assez confortablement durant les années à venir. Le couple rêvait aux futurs projets et aux nombreux voyages en Europe qu'ils feraient.

Ce jour-là, après le travail, Patty est allée au gym et est revenue à la maison pour l'heure du souper. En arrivant chez elle, elle a été surprise de constater que Ray n'était toujours pas rentré. Ce n'était pas son genre de ne pas lui donner de nouvelles pendant si longtemps. À plusieurs reprises, Patty a tenté de joindre son conjoint sur son téléphone, mais elle tombait toujours sur la boîte vocale. Inquiète, c'est vers 23 h qu'elle a décidé d'appeler le 911 pour rapporter la disparition de Ray Gricar.

UN HOMME MYSTÉRIEUX

Ce n'était pas la première fois que Ray disparaissait. Lorsqu'il était encore marié à sa deuxième femme, Emma, le couple s'était tellement disputé que Ray avait pris sa voiture et était parti sans dire à Emma où il allait. Après plusieurs heures sans nouvelles, et comme il ne répondait pas à ses appels, Emma s'était inquiétée et avait appelé la police. Il n'avait pas fallu longtemps pour qu'on retrouve Ray, qui assistait à une partie de baseball pour se changer les idées.

Les policiers ont pris la disparition de Ray très au sérieux. Ils n'ont pas attendu les 48 heures requises lors d'une disparition d'adulte. Non, ils ont tout de suite commencé à chercher. Ray Gricar n'était pas n'importe qui : c'était le procureur de district et on devait le retrouver le plus vite possible. Surtout qu'il n'y avait aucune raison pour Ray de s'absenter ; il ne s'était pas disputé avec Patty, ni avec personne d'autre d'ailleurs. Le jour suivant, à 18 h 30, les policiers ont repéré la Mini Cooper rouge dans la ville de Lewisburg, située à environ 100 kilomètres du domicile de Ray et de Patty. La voiture était stationnée devant une boutique d'antiquités, près de la rivière Susquehanna, et elle était verrouillée. Dès que les policiers ont ouvert les portes de l'auto, ils ont été choqués par la forte odeur de cigarette qui en est sortie. C'est étrange, car tous ses proches ont pu confirmer que Ray Gricar avait horreur de la cigarette. Des cendres de cigarette ont été trouvées sur le tapis du côté passager. Aussi, les enquêteurs ont conclu que personne d'autre n'était entré dans sa Mini Cooper puisqu'à l'intérieur, on a seulement pu prélever les empreintes digitales de Ray Gricar. Il n'y avait pas de traces de sang, ni de signe d'agression. Par contre, le téléphone portable de Ray Gricar était dans l'habitacle, éteint et comptant plusieurs appels manqués. En revanche, ses clés, son porte-monnaie et son ordinateur manquaient à l'appel.

Ray Gricar, lui, s'était complètement volatilisé.

UNE ÉTRANGE COÏNCIDENCE

Bien que l'endroit où on a retrouvé la Mini Cooper pouvait sembler banal pour les policiers, il rappelait de sombres souvenirs aux membres de la famille de Ray. En effet, en mai 1996, le grand frère de Ray Gricar, Roy, avait aussi disparu en ne laissant que sa voiture derrière lui, stationnée près d'une rivière. Finalement, quelques jours après sa disparition, on a repêché son corps dans la Great Miami River, en Ohio. Sa mort a été jugée comme un suicide. Roy souffrait de dépression sévère, mais Ray a toujours cru que la mort de son frère n'était pas un suicide. Chaque fois qu'il rendait visite à sa famille, il parlait de demander aux policiers de rouvrir l'enquête. Il pensait qu'il y avait anguille sous roche, persuadé que son frère n'aurait jamais pu abandonner ses deux fils. La voiture de Ray a elle aussi été retrouvée pas loin d'un cours d'eau. Est-ce que Ray avait décidé de commettre l'irréparable ?

Après la découverte de la voiture, des recherches importantes ont été entamées. On a fouillé la rivière en profondeur. Des plongeurs, des hélicoptères et des chiens renifleurs étaient sur l'affaire. Le comportement des chiens a d'ailleurs été très révélateur : ils ont bien senti l'odeur de Ray, mais ne cessaient de tourner en rond près de la voiture. Cet indice laisse croire que Ray aurait pu monter dans une autre voiture. Pourtant, Ray Gricar avait bien dit à Patty qu'il avait prévu de passer la journée seul.

Une mystérieuse inconnue

Les employés du magasin d'antiquités, quant à eux, offrent un témoignage intéressant qui peut laisser croire que Ray avait en fait d'autres plans ce jour-là.

Les témoins affirment avoir vu Ray en train de regarder des meubles dans la boutique, mais il était accompagné d'une femme inconnue.

Celle-ci est décrite comme une femme plutôt séduisante de 30 à 40 ans, fumeuse (ce qui pourrait expliquer l'odeur de cigarette dans la voiture), aux cheveux courts et foncés. Elle mesurait environ 1 m 80. Les employés ont affirmé que Ray et la femme étaient venus ensemble, mais qu'il ne semblait pas y avoir de relation entre eux : ils ne se touchaient pas et ne se parlaient pas beaucoup, parcourant plutôt le magasin chacun de leur côté. Cette femme mystérieuse n'a jamais été retrouvée malgré les nombreux appels à témoins qui ont été lancés. Aucun proche de Ray Gricar n'a la moindre idée de qui elle pourrait être. Est-ce que Ray avait une maîtresse ? Est-ce que cette femme pourrait être responsable de sa disparition ? Le FBI a analysé tous les comptes bancaires de Ray, ainsi que ses relevés de carte de crédit. Depuis le 15 avril, aucune transaction n'avait été effectuée. De plus, aucun mouvement d'argent important n'avait été fait par Ray avant qu'il disparaisse. Son relevé d'appels a aussi été analysé, mais aucun appel douteux n'y apparaissait. Il n'y avait rien qui pouvait nous en dire plus sur les raisons de sa disparition.

LE PROCUREUR QUI AIMAIT LES FEMMES…

On peut dire que Ray Gricar était un homme à femmes. Il savait qu'il était séduisant et usait de son charme pour faire rougir les femmes qu'il côtoyait. Au début des années 2000, il a spontanément proposé à une infirmière qu'il connaissait à peine de le marier. Elle a refusé. Sinon, Ray Gricar avait pris l'habitude d'aller manger dans le même restaurant chaque semaine. Il y avait une serveuse que Ray affectionnait particulièrement et il demandait toujours d'être assis dans sa section du restaurant.

Ce n'est que le 30 juillet, quelques mois après la disparition de Ray, qu'une nouvelle piste a ravivé l'enquête. Un homme qui pêchait dans la rivière Susquehanna a trouvé un ordinateur portable. On a tout de suite su que c'était celui de Ray Gricar, puisqu'il était identifié par une étiquette provenant du bureau du procureur de district. Cette découverte qui semblait prometteuse a néanmoins laissé les experts bredouilles : le disque dur de l'ordinateur avait été soigneusement retiré ! Or, avec ce modèle d'ordinateur portable, il est assez difficile de retirer le disque dur sans outils ; il n'aurait donc pas pu se détacher seul. Deux mois plus tard, le disque dur a finalement été retrouvé à environ 90 mètres de l'endroit où on a repêché l'ordinateur. Malheureusement, il était en si mauvais état qu'on n'a pas pu y lire quoi que ce soit. Des experts du FBI et de l'Agence des Services secrets américains ont, à leur tour, tenté le coup, mais ils n'ont pas été capables de récupérer les informations.

Un troisième essai coûteux a été lancé en envoyant le disque dur à Kroll Ontrack, la compagnie qui avait réussi à récupérer des données provenant des boîtes noires de la navette spatiale *Colombia* ayant explosé en 2003. Mais malgré les milliers de dollars dépensés pour réparer le disque dur de Ray Gricar, rien n'a pu être récupéré.

Plus tard, en avril 2009, en inspectant l'ordinateur personnel de Ray, celui qu'il possédait à la maison, les enquêteurs ont découvert des informations intéressantes. Des recherches Google telles que « comment détruire un disque dur » ou « dommages d'eau sur un ordinateur portable » avaient été faites quelques mois avant la disparition de Ray. C'est une information plutôt choquante. Avait-il quelque chose à cacher ? Par ailleurs, les proches de Ray ne comprennent pas pourquoi un professionnel des enquêtes pour meurtre aurait fait ce genre de recherches sur son ordinateur personnel. Il savait très bien qu'en disparaissant, c'était le premier objet que la police fouillerait.

A-t-il fait ces recherches dans le but de laisser un indice quelconque ?

Ray Gricar aurait-il orchestré sa disparition ?

Ray, que t'est-il arrivé ?

Autant vous le dire tout de suite : les théories sur ce qui pourrait être arrivé à Ray sont nombreuses et, de mon côté, chacune me semble aussi logique que les autres ! C'est d'ailleurs sans doute pour cette raison que l'enquête semble faire du surplace : comment explorer efficacement des pistes aussi nombreuses, avec le peu d'éléments disponibles ? Nous allons examiner ensemble les hypothèses sur cette affaire… Tenez-vous bien, *you are in for a ride !*

Pour commencer, plusieurs pensent que Ray Gricar aurait disparu de son plein gré, qu'il a bel et bien organisé sa disparition. Mais pour quelle raison ? Et où se trouverait-il à présent ?

En 1990, une écrivaine du nom de Pamela West a approché Ray Gricar parce qu'elle voulait écrire un roman basé sur une affaire criminelle sur laquelle le procureur avait déjà travaillé. Ray a encouragé Pamela West à écrire son roman en lui donnant quelques conseils, par exemple celui de ne pas utiliser le vrai nom des victimes. Néanmoins, le personnage principal du roman de West est particulièrement intéressant lorsqu'on compare son parcours à celui de Ray Gricar. Il s'agit d'un détective qui décide de mettre en scène sa propre mort. Tout comme Ray Gricar, qui a disparu le 15 avril, le détective disparaît le 14 avril, quelques mois avant de prendre sa retraite. L'histoire a lieu en Pennsylvanie, et le détective conduit une voiture sport, semblable à la Mini Cooper de Ray. Dans les deux cas, des cendres de cigarette sont découvertes dans la voiture des disparus. Ces similitudes vous semblent curieuses ? Pour l'autrice également ! Quand Pamela West a appris que Ray Gricar avait disparu, elle a été si troublée par les circonstances de sa disparition qu'elle a alerté les autorités.

Les policiers ont découvert qu'en effet, Ray Gricar avait le livre dans sa bibliothèque personnelle.

Est-il possible que le procureur ait voulu recréer l'histoire qu'il avait lue ? Ou ne serait-ce qu'une simple coïncidence ?

Au fil des années, plusieurs personnes disent avoir aperçu Ray Gricar dans diverses régions aux États-Unis. Chacune de ces pistes a été explorée, mais les résultats sont restés peu concluants. Comme l'a dit Tony Gricar, le neveu de Ray, son oncle a un visage plutôt commun. Il a l'impression de le voir partout où il va. Récemment, une femme a appelé la police, affirmant avoir vu Ray dans le public d'une émission d'Oprah Winfrey. Évidemment, ce n'était pas lui. En fait, je crois que l'histoire de Ray Gricar a tellement été médiatisée que s'il avait voulu disparaître, il l'aurait fait avec difficulté, puisque tous les Américains connaissent son visage !

ET NOTRE JOHN DOE, DANS TOUT ÇA ?

En juillet 2011, quand l'homme mystérieux dont je vous parlais au début de ce chapitre a été arrêté en Utah, les internautes se sont tout de suite emballés. Mais les proches de Ray restaient sur leurs gardes : ils en avaient vu de toutes les couleurs en six ans… Tant de gens avaient affirmé sincèrement avoir aperçu l'ancien procureur ! Pourtant, il est bien vrai que John Doe lui ressemblait : même taille, même poids, des lèvres très semblables et des rides aux mêmes endroits… Finalement, des tests ADN ont confirmé que ce n'était pas Ray Gricar, mais un homme du Nouveau-Mexique, nommé Philip Beavers, qui avait disparu quelques mois plus tôt après avoir perdu son emploi.

Une autre théorie à laquelle personne ne semble avoir pensé est celle de la sénilité. Les premiers symptômes qui se présentent sont un changement de personnalité et des habitudes de sommeil, ainsi que des troubles de la mémoire. Les personnes séniles ont normalement des comportements qui surprennent les gens de leur entourage. Sachant que Ray dormait beaucoup plus qu'à l'habitude, mais aussi qu'il semblait plus distrait, moins concentré, selon les dires de ses proches, est-il possible qu'il ait commencé à montrer les traits d'une personne sénile ? De plus, avant de se rendre à Lewisburg, la journée même, il avait cherché le trajet sur MapQuest. Pourtant, cette ville n'était pas inconnue pour lui, Ray y était déjà allé à plusieurs reprises et il connaissait très bien le trajet ! Le fait de se débarrasser de son ordinateur portable est aussi quelque chose de surprenant pour les proches de Ray, qui ne comprennent pas pourquoi il aurait commis un tel geste. Était-il dans un épisode de paranoïa ? Une amie de longue date de Ray a d'ailleurs affirmé : « Ray était un procureur qui voulait suivre les preuves jusqu'au bout. Donc, se débarrasser de son ordinateur dans une rivière ne lui ressemble pas. » Et si Ray Gricar commençait à montrer des signes d'Alzheimer précoce ? À l'heure qu'il est, il aurait tout simplement perdu la mémoire. Serait-il encore en vie, errant quelque part à la recherche de son identité ? Mais alors, comment expliquer que personne ne l'ait reconnu jusqu'ici ?

Sur Internet j'ai lu la théorie que Ray aurait pu être placé dans le Programme de protection des témoins. Cette hypothèse me semblait loufoque jusqu'à ce que je lise des statistiques sur le sujet. Il y a actuellement près de 9 000 Américains qui sont protégés par ce programme. C'est énorme ! Il s'agit d'un profond bouleversement pour les gens qui doivent changer d'identité, de pays, de vie ! J'ai lu que lorsque les policiers se présentent chez toi, tu as cinq minutes pour faire tes bagages et partir. Cependant, je m'interroge sur la tactique qu'auraient prise les policiers. Auraient-ils créé une telle mise en scène pour faire disparaître Ray Gricar ? Celui-ci n'aurait même pas eu la permission d'aviser sa fille et sa conjointe ? Ça me surprendrait. En règle générale, quand des candidats au programme disparaissent, les responsables tentent de faire passer cette disparition le plus naturellement possible, par exemple en mettant en scène une mutation, ou en utilisant une autre raison de ce genre. D'après ce que j'ai lu, les candidats ont aussi le droit d'avertir quelques-uns de leurs proches sans pour autant divulguer leur nouvelle adresse ou identité. Ainsi, si Ray Gricar avait été forcé de déménager pour des raisons de sécurité, j'imagine qu'il aurait au moins averti sa propre fille.

D'autres pistes s'offrent encore aux enquêteurs… si on considère que Ray Gricar a perdu la vie. Bien sûr, comme je l'ai exposé plus tôt, la piste du suicide est la plus facile, la plus logique. Ray Gricar était un homme très privé qui tenait à garder ses informations personnelles pour lui. Il aurait pu détruire son ordinateur portable et son disque dur dans le but que personne ne les retrouve, sans avoir nécessairement quelque chose à cacher. On a tendance à crier à la théorie du complot, mais attention. Peut-être qu'il ne voulait tout simplement pas que certaines choses personnelles sortent au grand jour. D'un autre côté, Patty dit que Ray ne se servait de son ordinateur portable que pour des enquêtes judiciaires. Pour son usage personnel, il utilisait son ordinateur de maison. Ce qui signifie qu'en jetant son ordinateur portable dans la rivière, Ray s'est débarrassé de plusieurs données importantes qui pouvaient être cruciales dans le cadre de diverses enquêtes dans lesquelles il était impliqué. Par exemple, dans l'affaire Jerry Sandusky, plusieurs informations essentielles à l'enquête ont été perdues à tout jamais. Et ça, c'est un délit criminel. Mais pourquoi commettre un tel acte ? Pourquoi se débarrasser de son ordinateur portable de cette façon, alors qu'à quelques mois de la retraite, il allait bientôt le remettre aux professionnels de son bureau qui se seraient chargés eux-mêmes de faire un grand nettoyage ?

D'autres indices laissent croire que Ray aurait pu commettre l'irréparable. Par exemple, la semaine avant sa disparition, Patty avait dit à Ray qu'il semblait distrait. Il lui avait répondu : « C'est drôle, tu n'es pas la première à me dire ça cette semaine ! » Normalement, Ray Gricar était un homme très privé, mais aussi très concentré. Ses amis disent que parfois, lorsqu'ils le croisaient, Ray était tellement plongé dans ses pensées qu'il ne levait même pas la tête pour les saluer. Au travail, il était si sérieux qu'il n'avait pas conscience du monde qui l'entourait. Patty a aussi dit aux détectives que depuis quelques mois, Ray dormait beaucoup, elle a même utilisé le mot « léthargique ».

Elle se préoccupait de son conjoint et l'avait supplié d'aller consulter afin de savoir ce qui causait cette fatigue soudaine. Sachant que la dépression est une maladie génétique et que Roy, le frère de Ray, en avait souffert, il est possible que Ray Gricar en ait été atteint. Pourtant, il avait si hâte à sa retraite ! Est-il possible qu'il se soit suicidé alors qu'il ne lui restait que quelques mois de travail ?

Mais attention, les choses se compliquent encore. Ray Gricar a été au centre de nombreuses affaires criminelles qui ont pu lui attirer beaucoup d'ennemis. Et s'il était bel et bien mort à l'heure qu'il est, mais que quelqu'un d'autre soit responsable de sa fin inattendue ? On pourrait penser que Ray Gricar a pu être victime d'un homicide bien orchestré. Au cours de sa carrière, le procureur a envoyé en prison un tueur en série qui avait assassiné la fameuse Jane Doe retrouvée sur le bord de l'autoroute 80 en Pennsylvanie. De plus, quelques semaines avant sa disparition, un réseau local de trafic de drogue a été démantelé. Ray Gricar était le procureur principal de cette affaire.

Cette femme mystérieuse aperçue le 15 avril 2005 aurait-elle pu être une sorte de guet-apens pour piéger le procureur ?

L'hypothèse du meurtre s'est avérée plus probable en 2011, quand l'affaire du coach Jerry Sandusky a refait surface. Lorsque Ray Gricar a décidé de fermer le dossier, en juin 1998, il a déçu les attentes de plusieurs garçons ayant été victimes du coach Sandusky.

Par la suite, il y a eu plusieurs autres témoignages d'attouchements sexuels commis par Sandusky, en 2000, 2002 et 2008. Et finalement, le scandale a de nouveau éclaté en novembre 2011, et a fait encore plus de bruit que la première fois : Jerry Sandusky a reçu plus de 52 chefs d'accusation pour abus sexuels sur mineurs ! En octobre 2012, l'ancien coach a été déclaré coupable de 45 de ces chefs d'accusation et condamné à un minimum de 30 ans de prison. La question se pose donc : pourquoi Ray Gricar n'a-t-il pas poursuivi Jerry Sandusky en justice en 1998 ? Ni l'assistante, ni les collègues de Ray ne peuvent fournir de réponse à cette question. Aujourd'hui, les raisons du procureur restent un mystère. Alors, est-ce que l'un des parents des nombreuses victimes aurait pu faire du mal à Ray Gricar par soif de vengeance ? Ce n'est pas impossible. On se demande aussi si Ray se serait fait assassiner parce qu'il s'apprêtait à révéler des informations choquantes sur le scandale de Jerry Sandusky. Ça expliquerait pourquoi on se serait débarrassé de son ordinateur. Possédait-il de nouvelles informations compromettantes sur le coach, six ans avant le procès qui l'a vu condamné ?

En mai 2013, un délateur et ancien membre des Hells Angels est venu ajouter une nouvelle piste à cet imbroglio. Il s'est rendu à la police en affirmant connaître l'assassin de Ray Gricar, et a déclaré qu'un ancien membre important des Hells Angels l'aurait tué pour se venger de l'avoir mis en prison. Cette source a expliqué qu'on aurait brisé les genoux de Ray avant de lui trancher la gorge. Elle aurait même proposé au FBI de se rendre à un endroit en Pennsylvanie qui serait, selon elle, le lieu où on aurait disposé du corps du procureur. Cependant, à la dernière minute, l'homme a changé d'avis en demandant l'immunité en échange de ces informations. Il a dit que le corps de Ray Gricar était au fond d'un puits, entouré de plusieurs autres cadavres. Malheureusement, ces pourparlers n'ont mené à rien, et cet endroit n'a jamais pu être trouvé.

*

Au fil des années, la famille de Ray Gricar a entendu tellement de théories plus folles les unes que les autres qu'elle ne sait plus que croire.

Le 25 juillet 2011, Lara Gricar, la fille de Ray, a obtenu l'autorisation par l'État de la Pennsylvanie de déclarer officiellement la mort de son père. Mais encore aujourd'hui, Lara ne sait pas quoi penser de cette disparition. Elle a probablement décidé de faire son deuil en le déclarant mort, mais elle doit tout de même continuer à se poser des questions, comme tous ceux qui connaissent cette histoire. Qu'est-il arrivé à l'ancien procureur ? Une disparition volontaire ? Un simple suicide ? Un homicide ? Et surtout : où se trouve-t-il à présent ? Personnellement, je n'arrive pas à me faire un avis.

Et vous, qu'en pensez-vous ?

CHAPITRE 3

Timmothy Pitzen
– Est-il réellement en sécurité ?

Tous les jours, en sortant du travail, James Pitzen se rend en voiture jusqu'à l'école de son fils Timmothy pour aller le chercher. Le 11 mai 2011, comme toujours, James arrive à l'école primaire Greenman en espérant y voir son fils en train de jouer avec ses amis. Mais en entrant dans l'établissement, il ne voit Timmy nulle part. Il demande à Cheryl, l'éducatrice, si Timmothy est aux toilettes. Légèrement étonnée, Cheryl lui répond : « Eh bien, non, il n'est pas là.

— Que veux-tu dire par : il n'est pas là ? Où est-il ? »

Cheryl lui apprend qu'Amy, sa femme, est venue chercher Tim à 8 h 15 le matin même, quelques minutes seulement après que James l'eut déposé.

Inquiet, James appelle sa femme à plusieurs reprises. Pourquoi Amy a-t-elle retiré leur fils de l'école ce matin ? Pourquoi ne l'a-t-elle pas prévenu ? Le téléphone sonne dans le vide. Aucune réponse. James retourne à la maison : personne. Il décide d'attendre une heure ou deux, pensant probablement qu'ils reviendront pour l'heure du souper. Mais plus tard dans la soirée, il téléphone à la police pour rapporter la disparition de sa femme, Amy Joan Marie Fry-Pitzen, et leur fils, Timmothy James Pitzen. James ignore que sa femme et son fils ont déjà quitté la ville. Amy s'est rendue à Gurnee, en Illinois, à plus d'une heure de route de la maison. Ce n'est que le début du voyage mystérieux qu'elle entreprendra avant de mourir.

Une famille désunie

Timmothy avait six ans, ses parents l'adoraient et, étant enfant unique, il les avait pour lui seul. Tim était un garçon très actif et sociable, il s'entendait aussi bien avec les enfants qu'avec les adultes. C'était un leader-né, tout le monde à son école voulait être son ami. Il adorait passer la journée au zoo à regarder des animaux, ou aller au parc et faire des châteaux dans le carré de sable. Il aimait aussi jouer avec ses petites voitures ou aller au go-kart. Chuck E. Cheese's et McDonald's étaient ses restaurants préférés. Les parents de Tim se disputaient beaucoup, pour différentes raisons, mais principalement à cause de l'argent. Sa mère, à l'occasion de son anniversaire, était partie en croisière avec une de ses amies. Son père s'était fâché parce qu'elle avait préféré inviter une amie plutôt que lui.

DES AFFICHES DE RECHERCHE

Durant mes recherches pour cette histoire, je n'ai pas pu m'empêcher de faire de moi une détective amatrice et de rechercher sur Facebook les personnages clés de cette affaire. Il est très facile de trouver James Pitzen, souvent appelé Jim, sur le réseau social. Sa photo de profil est l'affiche de disparition de son fils Timmothy. En fait, toutes ses photos de profil, passées comme présentes, sont des photos de Tim avec ses informations personnelles : Timmothy James Pitzen, 1 m 28, 31 kilos, cheveux bruns et yeux marron. Au fil du temps, plusieurs de ses proches ont commenté ses photos avec des messages d'espoir tels que « On espère te revoir bientôt », en s'adressant directement au jeune Timmothy de la photo, ou bien « J'ai partagé », pour démontrer à Jim qu'ils apportaient leur grain de sel. Mais plus les années avancent, moins les photos de profil de James reçoivent de mentions *J'aime.* Comme si la terre entière était passée à autre chose. Tout le monde, sauf lui. Il continue de garder espoir et de partager les quelques photos qu'il a de son fils. Puisque Timmothy avait seulement six ans au moment de sa disparition, les photos de lui sont vite épuisées. En parcourant le profil de James, j'ai pu constater qu'il vit maintenant à Clinton, en Iowa. Nouvel État, nouvelle vie. Il est probable que sa maison d'Aurora, en Illinois, lui rappelait de mauvais souvenirs. Parmi ses amis Facebook, je suis tombée sur Cheryl Broach, l'éducatrice de Tim à la Greenman Elementary School. Au moment où j'écris ces lignes, elle vient de changer sa photo de profil pour une photo de Timmothy qu'elle publie pour la septième fois. C'est toujours la même photo, qui change de filtre au fil des saisons. On peut voir la petite affiche de disparition de Timmothy avec différents filtres générés par Facebook : un filtre de Thanksgiving, d'autres avec des cœurs pour la Saint-Valentin ou une feuille de houx pour Noël. Cheryl n'a pas beaucoup de photos d'elle, sa page Facebook est entièrement dédiée au petit Timmy. Cela n'a rien d'étonnant. La disparition d'un enfant n'affecte pas seulement la parenté, elle touche tout le monde, y compris des gens qui ne connaissaient pas cet enfant. Nous nous sentons tous interpellés par ces cas de disparition. Et si c'était mon enfant ? Et si c'était ma nièce ? Et si c'était moi ? Pour ce qui est d'Amy, évidemment, elle n'a plus de profil Facebook.

Amy avait été mariée trois fois avant James. Depuis quelque temps, leur relation commençait à battre de l'aile.

Lors d'une dispute particulièrement intense, Jim lui a dit que si elle demandait le divorce, il ferait tout pour avoir la garde à temps plein de Timmothy.

Amy a pris les menaces de son mari très au sérieux, elle savait aussi qu'il pourrait facilement obtenir la garde de leur enfant, parce qu'elle n'allait pas bien depuis un bon moment. Un an avant la naissance de Timmothy, elle avait fait une tentative de suicide. Elle avait pris des pilules et était allée s'asseoir sur le bord d'une falaise. Au bout d'un certain temps, elle avait perdu connaissance et était tombée. C'est une manière plutôt violente de se suicider, comment avait-elle pu survivre à ça ? Malheureusement, on n'en sait pas plus sur le sujet. Ce n'était en tout cas pas sa première tentative. Quelques années auparavant, elle avait garé sa voiture sur un chemin de fer en attendant qu'un train la percute. Amy était une femme instable mentalement, elle souffrait de dépression depuis plusieurs années. Elle prenait des médicaments chaque jour en espérant aller mieux, mais sa maladie mentale était un lourd fardeau contre lequel elle aurait à se battre toute sa vie. Si Jim demandait le divorce, jamais un juge ne lui confierait la garde de Tim. Et selon moi, jamais elle n'aurait pu survivre sans son fils.

Les derniers moments

Le matin du 11 mai, Amy est allée chercher Timmothy à l'école quelques instants après que son père l'y eut déposé. Les derniers mots de Tim à son père ont été : « Je t'aime, papa ! » James a répondu qu'il l'aimait aussi, sans cérémonie. Évidemment, il ne pouvait pas savoir que c'était la dernière fois qu'il voyait son fils. Amy n'avait avisé personne de ses plans.

Deux heures après être allée chercher Tim, Amy a laissé sa voiture au garage, un SUV Ford Expedition 2004 de couleur bleue. On ignore ce qu'Amy et Tim ont fait durant ces deux heures, puisque le trajet de l'école de Tim jusqu'au zoo de Brookfield, où Amy avait apparemment prévu de se rendre, prend normalement 45 minutes. Peut-être qu'il y a eu du trafic ? Un accident sur la route ? Un arrêt rapide au McDonalds's ? J'imagine que le garage devait être près du zoo, puisque l'un des employés y a conduit Timmothy et Amy en attendant que leur voiture soit prête. Ils ont ainsi passé la journée au zoo. Ce fut probablement une journée de rêve pour Timmothy, qui adorait voir les animaux et les nourrir. Vers 15 h, Amy et Timmothy sont revenus au garage pour récupérer la voiture et ont continué leur voyage jusqu'au Keylime Cove Resort, un hôtel situé à Gurnee, en Illinois. Grâce aux caméras de surveillance, on sait qu'à 15 h 53, ils étaient déjà à l'hôtel. Sur les enregistrements, on voit Amy qui tient son fils par la main. Elle porte un petit sac à dos à l'épaule, probablement celui de Timmothy qui, lui, marche à ses côtés, l'air insouciant.

Le Keylime Cover Resort, maintenant appelé Great Wolf Lodge Resort, est un endroit paradisiaque pour les jeunes enfants. Il y a plusieurs piscines et glissades d'eau, un mur d'escalade, un terrain de minigolf, etc. Timmothy et Amy ont passé le reste de l'après-midi à s'amuser dans les manèges avant de passer la nuit à l'hôtel.

À MES YEUX...

En lisant tous les articles de journaux décrivant le séjour de Timmothy et d'Amy, je ne peux m'empêcher de penser à la réaction que Timmothy a dû avoir quand sa mère est allée le chercher à l'école ce matin-là. Manquer une journée de classe pour aller au zoo et au parc d'attractions ? Il devait être aux anges ! D'un autre côté, il se demandait sûrement pourquoi son père n'était pas avec eux pour profiter de tous ces beaux moments. Je m'interroge sur la raison bidon qu'a dû lui donner Amy : « Papa doit travailler. » « Papa est malade. »

« Il ne faut pas que papa sache que tu as manqué l'école, sinon il va se fâcher ! » Timmothy ne se doutait probablement de rien, il devait, comme tous les enfants à cet âge, vivre le moment présent.

Le lendemain matin, le 12 mai, Timmothy et Amy se sont levés, ont fait leurs valises, ou plutôt les quelques sacs qu'ils avaient apportés avec eux, et ont roulé pendant trois heures pour se rendre au Wisconsin, l'État au nord de l'Illinois. Une fois dans la ville de Wisconsin Dells, ils se sont enregistrés à l'hôtel Kalahari Resort. Cet hôtel est lui aussi conçu spécialement pour les enfants : il y a plusieurs manèges et des jeux d'eau à l'infini. On ne sait pas ce que Tim et Amy ont fait ce jour-là. Selon les relevés de carte de crédit (auxquels les enquêteurs ont eu accès seulement plus tard, après la mort d'Amy), Amy a acheté quelques vêtements pour enfants ainsi que des jouets. N'avait-elle pas prévu des vêtements de rechange pour Tim durant leur séjour ? Mais surtout, pourquoi se rendre dans un autre hôtel presque identique au premier ? Pourquoi ne pas être restés au Keylime Cove Resort ? Plusieurs questions se posent lorsqu'on observe leur parcours qui semble désorganisé, impulsif. Encore aujourd'hui, huit ans plus tard, il est difficile d'obtenir des réponses à ce sujet.

Le 13 mai, à 10 h du matin, les caméras de surveillance de l'hôtel ont enregistré Amy et Tim à la réception de l'établissement. Amy était en train de payer la chambre avant de quitter les lieux. J'ai regardé la vidéo à plusieurs reprises au ralenti, puis en accéléré, et je n'arrive pas à comprendre ce qui est passé par la tête d'Amy. Sur la vidéo, on voit à un moment que Tim, arrivant à peine à la hauteur du comptoir de la réception, tape sur les hanches de sa mère, comme pour lui signaler quelque chose. Il montre un objet ou une personne qui attire son attention derrière lui. Amy, aimante, se retourne pour voir ce que son fils lui indique. Elle rit et regarde la réaction de son fils qui, lui, est captivé. Ces enregistrements me troublent au plus haut point puisqu'à plusieurs moments, il me semble, Tim regarde la caméra de surveillance en souriant. Une coïncidence, peut-être ?

Je ne peux m'empêcher de me demander s'il se doutait qu'un jour, ces quelques secondes de vidéo seraient vues par des millions de personnes.

À 13 h 30, Amy a appelé son beau-frère pour lui dire que tout allait bien. Elle devait savoir que son mari avait déjà rapporté sa disparition et que la police était à sa recherche. Pourquoi ne pas avoir appelé James directement ? Voulait-elle le punir de quelque chose ? Les détectives ont pu retracer le téléphone cellulaire d'Amy. Au moment de l'appel, elle était de retour en Illinois, à Rockfalls. Tim et elle se trouvaient donc à trois heures de route de l'hôtel qu'ils avaient quitté le matin même. Durant l'appel, Amy a dit : « Tim va bien, il est *à moi*. Nous allons être corrects. Tim est en sécurité. » Le beau-frère d'Amy entendait l'enfant à l'arrière qui disait : « Maman, j'ai faim ! »

Il n'a détecté aucune détresse ni dans la voix d'Amy ni dans celle de Tim.

Toujours le 13 mai, à 19 h 25, Amy a été aperçue sur les caméras de surveillance du magasin Family Dollar situé à Winnebago, en Illinois. Elle y est entrée seule. Elle a fait l'achat de papier à lettres et de stylos. À 20 h, elle s'est rendue juste en face du magasin, au supermarché Sullivan's Food, pour y acheter du lait et des craquelins. Vers 23 h, Amy s'est enregistrée à l'hôtel Rockford Inn, situé à 20 minutes du supermarché. Elle y a passé la nuit, seule.

Le lendemain matin, à 12 h 30, une femme de chambre a découvert le corps sans vie d'Amy. À l'aide d'un couteau, elle s'était taillé les veines des poignets et tranché la gorge. Elle avait aussi pris plusieurs antihistaminiques.

Amy Fry-Pitzen est morte à l'âge de 43 ans.

QUELQUES HEURES CRUCIALES…
DONT ON NE SAIT RIEN

Les six heures qui ont suivi l'appel d'Amy à son beau-frère restent un mystère. Qu'est-ce qu'Amy a fait ? Où était-elle ? Avec qui était-elle ? Ce sont pourtant ces quelques heures qui nous permettraient sans doute de résoudre cette affaire. Lorsqu'on a retrouvé son auto quelques jours plus tard, celle-ci était très sale, remplie de terre. En dessous de la voiture, coincés dans le moteur, il y avait du gazon et des mauvaises herbes. Des experts ont analysé la Ford Expedition d'Amy pour en déduire les lieux visités par celle-ci. On sait ainsi que la voiture a fait marche arrière dans un champ composé de gazon, de carottes sauvages et de moutarde noire. En Illinois, de tels champs existent dans les comtés de Carroll, Ogle, Stephenson ou Winnebago, tous situés à quelques kilomètres de Rockfalls, l'endroit où Amy a téléphoné à son beau-frère. On trouve aussi de tels champs dans les comtés de Lee ou de White-side, dans le nord-ouest de l'Illinois. On peut également affirmer que le champ visité par Amy et Tim avait probablement très peu d'arbres. S'il y en avait, c'étaient des chênes. On a aussi déterminé qu'il est très possible qu'il y ait eu un petit étang ou un ruisseau non loin du champ en question. En analysant l'intérieur de la voiture, les experts ont trouvé du sang de Timmothy sur le siège arrière. Toutefois, ils n'ont pas pu confirmer à quel moment ces gouttes de sang sont tombées. James a mentionné que Timmothy avait saigné du nez quelques mois plus tôt et que des gouttes de sang avaient taché le tissu de la voiture à ce moment-là ; il est possible qu'il s'agisse des mêmes traces.

Les détectives ont trouvé une note de suicide laissée dans la chambre d'hôtel du Rockford Inn. Amy avait également envoyé deux lettres par la poste, l'une à sa mère, l'autre à l'une de ses amies. Elle n'a rien laissé pour son mari. Dans sa note de suicide, Amy disait que Timmothy allait bien, qu'il était avec des gens qui l'aimaient et qui prendraient bien soin de lui, mais que jamais il ne serait retrouvé. Dans la lettre adressée à sa mère, Amy s'excusait.

Maman,

Je sais que tu es blessée et frustrée, j'aurais aimé avoir quelque chose de mieux à te dire que « je t'aime ». Mais je n'ai rien. Je n'ai jamais senti que j'avais ma place ici. J'ai vraiment essayé de m'intégrer, d'être heureuse, d'être une bonne personne pour mon entourage, mais d'une certaine manière, j'ai toujours échoué. Tim m'a aidée pendant quelque temps. Et peut-être que si Jim et moi étions un meilleur couple, j'aurais été correcte, mais cette fois-ci tout s'est brisé et il y a trop de morceaux cassés pour que je puisse les ramasser à nouveau.

Je ne peux risquer que Jim fasse du mal à Tim à cause de mes choix. Donc, je l'ai emmené à un endroit sécuritaire. On va bien prendre soin de lui et il fait dire qu'il t'aime. S'il te plaît, je veux que tu saches qu'il n'y a rien que tu aies pu dire ou faire pour me faire changer d'avis. Je m'excuse pour toutes les blessures et difficultés auxquelles tu devras faire face. J'espère seulement que tu pourras me pardonner un jour.

Dis à Bryan, Kathy, Nathalie, Adam, Cara, Sidney et Phoebe que je les aime et que c'était l'heure pour moi de dire adieu.

Je t'aime maman,
Amy

À MES YEUX...

Il est difficile de lire cette lettre et de ne pas être profondément touché par la détresse d'Amy. J'aurais aimé connaître le contenu de la lettre qu'elle a envoyée à son amie. Malheureusement, nous n'y avons pas accès. Amy semble mentionner un aspect violent de la personnalité de Jim. L'était-il réellement ou se l'est-elle imaginé ? Dans tous les articles que j'ai lus à ce sujet, jamais Jim n'est décrit comme quelqu'un d'agressif, ni par ses proches, ni par la police. J'ose penser que la police a bien fait son enquête sur le sujet et que si James Pitzen violentait sa femme et son enfant, on le saurait.

Dans la chambre d'hôtel, plusieurs objets manquaient : le téléphone cellulaire d'Amy, les vêtements qu'elle portait avant son suicide, un tube de dentifrice Crest et sa carte Ipass Transponder, qui lui permettait de circuler sur les autoroutes de l'Illinois sans devoir s'arrêter aux postes de péage. Le sac à dos Spiderman de Tim ainsi que ses jouets et ses vêtements étaient introuvables. Mais la question la plus importante restait : où est Timmothy ?

Les recherches continuent

Il n'y a rien que les policiers n'aient pas fait pour comprendre ce qui est arrivé à Tim. Depuis maintenant huit ans, il est activement recherché partout aux États-Unis. Tous les membres de la famille d'Amy et de James ont été très coopératifs durant l'enquête, mais aucun d'entre eux n'est considéré comme un suspect dans l'affaire. Bien sûr, dans des cas de disparition aussi étranges, plusieurs hypothèses se forment. Ici, on fait face à deux possibilités :

Soit Timmothy a été tué par Amy, soit il a été confié à des gens, à une nouvelle famille.

Plusieurs journalistes et inspecteurs ont interrogé les proches d'Amy et, dans toutes les entrevues, le consensus est commun : jamais elle n'aurait pu faire de mal à son fils. Il était sa raison de vivre. Selon moi, il y a une question importante à se poser ici : Amy était-elle croyante ? Au cours de mes recherches, je n'ai pas pu trouver de réponse à cette question. Qu'est-ce que les croyances d'Amy pourraient bien changer à l'affaire ? Eh bien, si Amy était croyante, elle pensait peut-être qu'il existait un monde meilleur, la vie après la mort. En faisant le choix d'enlever sa vie et celle de son fils, elle espérait peut-être le retrouver dans l'au-delà. Pour moi, ce serait un mobile pouvant expliquer les pensées d'Amy dans les derniers jours de sa vie. Si on relit la note de suicide d'Amy en présumant que celle-ci a tué Tim, la phrase suivante prend tout son sens : « Tim est en sécurité, on prend bien soin de lui. » Pour quelqu'un de croyant, la sécurité ultime est auprès de Dieu, non ?

De plus, il est difficile d'ignorer le fait que, durant son voyage de trois jours, Amy semblait être plongée dans un épisode psychotique assez important, comme en témoignent les longues heures de route, les allers-retours inutiles à travers l'Illinois et le Wisconsin, et surtout le suicide dans la chambre d'hôtel… Si Amy était bel et bien déconnectée de la réalité, comme on peut l'imaginer, peut-être a-t-elle été capable de commettre un acte aussi barbare, celui de tuer son propre enfant. Il y a plusieurs parcs et cours d'eau dans le Wisconsin : est-il possible qu'Amy ait tué Tim et caché son corps à un endroit où il ne serait jamais retrouvé ? Après tout, on soupçonne, grâce aux herbes trouvées sous sa voiture, que celle-ci est passée par un lieu où il y avait possiblement un étang, ou un cours d'eau. Cependant, les inspecteurs ont bien fouillé tous les cours d'eau et étangs de la région, sans rien trouver.

Un autre détail important semble corroborer cette piste. En effet, un flacon de médicaments pour enfants a été retrouvé dans la chambre d'hôtel du Rockford Inn, où Amy s'est suicidée. Ce n'étaient que des cachets plutôt inoffensifs, servant à apaiser les symptômes de la grippe. On peut facilement se les procurer à la pharmacie, sans prescription. Mais, dans ce cas-ci, la bouteille était presque vide. Et si Amy en avait donné à Tim afin de l'endormir, le rendant plus facile à transporter, voire tuer ? Cependant, je m'interroge sur le besoin de tuer son fils à un certain endroit pour ensuite devoir cacher son corps. Il est vrai qu'il existe, malheureusement, beaucoup d'histoires d'infanticides suivies de suicides. Mais si le but d'Amy était d'enlever la vie à son fils pour ensuite aller le retrouver dans l'au-delà, pourquoi ne pas passer à l'acte avec lui, dans le confort et l'intimité d'une chambre d'hôtel ? Surtout, pourquoi une telle mise en scène ? Il aurait été plus simple pour Amy de simplement dire ce qu'elle avait fait. Pourquoi laisser croire à ses proches que Tim était dans une nouvelle famille ? Je comprends que l'idée qu'une mère tue son propre fils est assez difficile à avaler, mais Timmothy mérite qu'on s'imagine l'inimaginable afin qu'on puisse le retrouver un jour.

L'autre option est qu'Amy ait bien confié Tim à des gens qui pourraient s'occuper de lui. Mais à qui ? Au départ, en entendant parler de cette histoire, j'ai immédiatement pensé à l'hypothèse que Tim ne soit pas le fils biologique de James. L'enquête a montré qu'en 2007, Amy a créé une adresse courriel avec son nom de jeune fille plutôt que son nom de femme mariée. Les détectives ont bien inspecté les courriels envoyés et reçus sur cette boîte en question, mais ils n'ont pas pu trouver quoi que ce soit d'utile à l'enquête. Et si Amy avait créé cette adresse afin de contacter le père biologique de Tim ? Cette hypothèse est intéressante, mais en regardant bien les photos de famille des Pitzen, j'ai comparé les visages de James et de Tim, et ils se ressemblent beaucoup trop pour qu'il n'y ait aucun lien de parenté entre eux. Ils ont le même nez retroussé, le même sourire. Il est clair que Timmothy est le fils de James.

Toujours dans l'optique qu'Amy ait confié son enfant à quelqu'un, il est également intéressant de se demander si elle avait planifié son voyage en ce sens. Tout était-il bien organisé ? Durant les mois de février et mars 2011, Amy avait fait deux courts voyages dans le Wisconsin, l'État où Tim a disparu. James ignore les raisons de ces voyages. Préparait-elle déjà l'avenir de son fils ? Était-elle allée au Wisconsin afin de rencontrer les gens qui s'occuperaient de Timmothy ?

Enfin, deux autres théories ont été ajoutées par des internautes et elles sont, selon moi, les plus intrigantes.

Et si Amy avait confié la garde de Tim à une communauté amish, voire à une secte ?

En faisant mes recherches, j'ai découvert qu'il y avait bel et bien une importante communauté amish dans la ville d'Arthur, en Illinois. Elle se trouve à exactement cinq heures de route de Wisconsin Dells, le dernier lieu où Tim a été vu. Ça pourrait expliquer les heures manquantes dans le parcours d'Amy et de Tim. Peut-être Amy était-elle allée à la rencontre de quelqu'un à mi-chemin afin de lui confier Tim ? Les Amish vivent à l'écart du monde moderne, sans électricité et sans contact avec l'extérieur. Je me demande s'ils sont au courant des nombreuses disparitions qui ont lieu aux États-Unis. Et si Amy leur avait donné la garde de Timmothy en sachant qu'ils s'en occuperaient très bien, mais en ayant aussi la certitude qu'ils n'apprendraient jamais que cet enfant est porté disparu ? Tim n'avait que six ans quand sa mère est morte, a-t-il des souvenirs de cette époque ? Aujourd'hui, il aurait 14 ans. Se rappellerait-il sa vie d'avant ? Et si on continue à suivre l'hypothèse qu'il vit maintenant dans une nouvelle famille, sous un nouveau nom, n'a-t-il pas un numéro de sécurité sociale, une assurance maladie, une éducation ? Dans la communauté amish, il est possible pour lui d'avoir tout ça : des soins médicaux, une éducation standard, une identité, et de passer complètement sous le radar des policiers. En effet, les Amish ont leurs propres écoles à l'intérieur même de leurs communautés. Pour ce qui est des soins médicaux, ils préfèrent avoir recours à des méthodes plus traditionnelles et naturelles pour se soigner. Toutefois, dans des cas de maladies plus graves, ils ont en général recours aux hôpitaux américains. Mais peut-être que Tim n'est tout simplement jamais tombé gravement malade, donc n'a jamais eu besoin de se rendre dans un hôpital ? Encore une fois, il serait utile de connaître les croyances d'Amy, puisqu'elles nous aideraient peut-être à deviner l'endroit où se trouve Tim.

Pour continuer sur cette lancée, certaines rumeurs qui circulent sur Internet prétendent qu'Amy aurait pu avoir des contacts avec les membres d'une secte. Et, en effet, il y en a une, nommée Endeavor Academy, dans la ville de Wisconsin Dells. Les adeptes de la Endeavor Academy doivent laisser leur emploi et leur famille afin d'adhérer au groupe et vivre en communauté. Et si Tim vivait dans cette secte depuis les huit dernières années ? Il aurait grandi au sein d'une nouvelle famille, avec de nouveaux amis, de nouvelles croyances. Et le reste du monde n'en saurait rien…

Deux ans après sa mort, le téléphone cellulaire d'Amy a été retrouvé sur le bord de l'autoroute. En analysant le contenu de l'appareil, les policiers n'ont trouvé aucun indice, ni parmi ses contacts, ni dans son registre d'appels. Je me demande si Amy s'est débarrassée de son téléphone, sachant qu'elle n'en aurait plus jamais besoin. Ou sinon, l'a-t-elle confié aux gens qui s'occuperaient de Tim ? Peut-être que par la suite, ceux-ci, soucieux des détails, l'ont jeté sur le bord de la route afin d'effacer toutes les pistes pouvant mener les policiers à eux.

ET PENDANT QUELQUES JOURS,
LE MONDE A RETENU SON SOUFFLE…

Comme mentionné dans le chapitre 1, l'affaire Timmothy Pitzen a récemment connu un rebondissement qui a complètement bouleversé le monde entier. En avril 2019, un jeune homme à l'allure timide et débraillée a couru vers une femme du Kentucky en affirmant être le jeune Timmothy Pitzen, disparu huit ans plus tôt. Il disait avoir échappé à ses ravisseurs qui résidaient dans un motel non loin de là et affirmait avoir besoin d'assistance immédiate. Aujourd'hui, Timmothy aurait 14 ans. Une chose clochait… Ce jeune homme avait l'air plus vieux. Pourtant, tous les amateurs de *True Crime* et sans doute, aussi, la famille de Timmothy chérissaient l'espoir que son histoire soit vraie. Je me disais : « Oui, il fait plus vieux. Mais s'il a vécu l'enfer pendant huit ans, il est possible que physiquement, il ait pris un coup de vieux. »

Malheureusement, après les tests ADN, il a été confirmé que ce garçon n'était pas Timmothy Pitzen, 14 ans, mais un dénommé Brian Michael Rini, 23 ans. Ce fut une grande déception quand le FBI a twitté l'identité de l'imposteur. Je n'imagine même pas la tristesse que le père de Timmothy a pu ressentir. Toutefois, je m'encourage en me disant que Rini a remis l'histoire de Timmothy « sur la *map* » et que « grâce » à lui, aujourd'hui, tout le monde connaît l'histoire du petit garçon porté disparu.

*

La disparition de Tim est l'une des histoires les plus mystérieuses et difficiles à cerner auxquelles j'ai été confrontée. Je ne doute pas qu'Amy souhaitait ce qu'il y a de mieux pour son fils. Elle voulait lui offrir la meilleure vie possible. Durant les derniers jours de sa vie, l'état mental dans lequel elle se trouvait a probablement durement affecté son jugement. Elle a sûrement pris des décisions illogiques, qu'une personne saine d'esprit n'aurait jamais prises. Y avait-il des signes avant-coureurs annonçant les plans d'Amy ou a-t-elle agi sous le coup de l'impulsion ? James dit qu'il n'a jamais vu venir ces événements, qu'il ignore totalement où pourrait être son fils. Depuis son déménagement en Iowa, il s'est acheté un chien. Il ne perd pas l'espoir qu'un jour, Timmothy puisse le rencontrer et jouer avec lui. En attendant, il ne fait que souhaiter que son fils soit en sécurité dans une famille aimante qui prenne bien soin de lui. Qui sait, peut-être que Timmothy a des souvenirs flous de ses anniversaires célébrés au Chuck E. Cheese's et des journées passées au go-kart. Peut-être qu'au fin fond de sa mémoire, il se souvient d'un homme qui, comme lui, a un nez retroussé et un sourire comique. Qui était cet homme, et pourquoi l'aimait-il autant ?

Gardez l'œil ouvert. On ne sait jamais, peut-être que vous serez la cause des retrouvailles entre un père et son fils…

CHAPITRE 4

Jean Spangler – Une actrice disparaît en plein âge d'or d'Hollywood

En octobre 1949, une jeune actrice d'Hollywood disparaît en laissant à peine quelques indices mystérieux derrière elle. Tellement mystérieux que les policiers de Los Angeles n'ont toujours pas été capables de classer ce *cold case* qui les hante depuis près de 70 ans ! Jean Spangler a disparu à l'orée des années 1950, une époque dangereuse pour les jeunes femmes de son statut. Il ne faut pas oublier que les années suivantes connaîtraient l'avènement des plus grands tueurs en série de la Californie : le Zodiaque, Charles Manson, Richard Ramirez… pour ne nommer que ceux-là. Or, la disparition de Jean survient quelque temps seulement après d'autres morts suspectes, ce qui pourrait nous laisser penser qu'il y aurait un lien entre ces dernières. Dans ce chapitre, je parlerai notamment d'Elizabeth Short, immortalisée sous le nom célèbre de Dahlia Noir, une future star hollywoodienne de 22 ans. Elle a été retrouvée assassinée, mutilée et démembrée le 15 janvier 1947. Un mois plus tard, le 10 février 1947, une infirmière de 45 ans nommée Jeanne French est aussi retrouvée morte à West Los Angeles. Comme le Dahlia Noir, la victime avait été actrice dans sa jeunesse. Elle était nue et avait été piétinée à mort. Deux ans plus tard, le même scénario se reproduit, mais différemment. Jean Spangler, une starlette d'Hollywood, disparaît au cœur de Los Angeles. Ces trois femmes auraient-elles été victimes d'un tueur en série rôdant dans les rues d'Hollywood ?

Le rêve hollywoodien

Entre 1920 et 1950, l'industrie cinématographique d'Hollywood connaît un véritable boum. Le rêve hollywoodien est à son paroxysme. Les acteurs et les actrices commencent à gagner des salaires faramineux et une popularité sans limite. Les jeunes actrices connaissent enfin ce que la majorité des femmes avant elles n'ont jamais eu : l'indépendance financière et morale. Quand la plupart des femmes sont au foyer et dépendent du salaire de leur mari, celles-là gagnent des sommes exorbitantes grâce à leurs apparitions dans quelques films à succès. Les actrices hollywoodiennes, symboles de séduction et de réussite, ont enfin un pouvoir sur leur vie personnelle et sexuelle. Du moins, c'est ce qu'elles croient.

Car, en réalité, leur nouvelle liberté a un coût.

Afin de préserver leur image de jeunes femmes vierges, ou de bombes sexuelles, les grands studios de cinéma comme Warner Bros ou MGM dissuadent leurs actrices de se marier ou d'avoir des enfants. Après tout, les stars ont une réputation à garder. Les hommes ne vont pas au cinéma pour voir des mères ou des épouses, ils y vont pour voir ce qu'ils n'ont pas à la maison. Les grandes compagnies de cinéma le stipulent même dans leurs contrats : il est interdit pour les actrices de se marier ou de tomber enceintes. C'était impensable pour une femme d'avoir une carrière réussie au cinéma tout en ayant un enfant ; elle doit faire un choix. Ces contrats ont mené plusieurs actrices à se marier en secret ou, pire encore, à subir des avortements forcés.

Elizabeth Short, Jeanne French et Jean Spangler vivaient toutes trois au cœur de ce monde de mensonges et de superficialités. On sait qu'Elizabeth Short a été mutilée de manière inhumaine. L'assassin de French a marché sur elle comme on s'essuie les pieds sur un tapis d'entrée. Sur le corps nu de la défunte, parmi les traces de chaussures sales, le sang et la boue, on pouvait lire les mots *Fuck You P.D.* et *Tex* écrits au rouge à lèvres. Encore aujourd'hui, nous ignorons la signification de ces quelques mots. Que ces affaires soient reliées ou non, ça reste horrible. Ces féminicides reflètent bien la mentalité de l'époque. Le corps de ces actrices semblait être un objet sans valeur qu'on s'appropriait comme de la marchandise prête à être déplacée, exhibée et même vandalisée. Ces trois femmes ont-elles été victimes de tueurs fous ou, tout simplement, victimes d'Hollywood ?

DES ACTRICES PAS SI CÉLÈBRES

Dans les articles de journaux parlant du Dahlia Noir ou de la disparition de Spangler, on dépeint toujours ces femmes comme des superstars d'Hollywood. La réalité est que c'est seulement leur fin tragique qui les a rendues célèbres. Short et Spangler étaient considérées comme des jeunes femmes ordinaires, plutôt jolies, qui rêvaient de gloire et de tapis rouge. Elles étaient encore loin de la célébrité d'une Joan Crawford ou d'une Vivien Leigh. Bien que les médias s'amusent à la décrire comme telle, on ne peut pas dire que Jean Spangler était une star.

Jean Spangler était déterminée à devenir une vedette, mais elle était loin d'avoir réussi. On l'a vue apparaître dans quelques films auprès de stars de renom, mais elle était toujours en arrière-plan, discrète et sans voix. L'actrice se dénichait quelques rôles de figurante ici et là, mais son nom apparaissait rarement dans les crédits. Je crois que si elle avait eu la chance de vivre encore quelques années, elle aurait probablement eu son *big break* dans l'un de ces films noir et blanc considérés comme des classiques cinématographiques aujourd'hui. Mais qu'est-ce que j'en sais ? Dans l'univers hollywoodien des années 1940, Jean n'était peut-être qu'une actrice parmi tant d'autres aussi jolies et douées qu'elle. En apparence, Jean avait assurément tout pour réussir : un regard perçant, des courbes voluptueuses, un sourire droit et brillant, de la beauté à l'état pur.

Pourtant, selon les standards hollywoodiens, Jean Spangler ne pourrait jamais réussir.

Car, dans les quelques années précédant sa disparition, sa vie n'avait pas été de tout repos. À 26 ans, elle a divorcé de Dexter Bonner, le père de sa petite fille, Christine, et est retournée habiter chez sa mère, qui l'aidait à s'occuper de l'enfant. J'imagine que Jean savait très bien qu'on exigeait que les actrices connues soient perçues comme des femmes célibataires, séduisantes et disponibles. Maintenant divorcée et mère monoparentale, elle avait donc plus de difficulté à réaliser son rêve de percer à Hollywood. J'imagine que ce divorce a été très dur pour Jean, qui rêvait de devenir une actrice digne de ce nom.

De mystérieux rendez-vous

Le 7 octobre 1949, Jean a quitté la maison en fin d'après-midi pour aller rejoindre son ex-mari, Dexter Bonner, à qui elle avait donné rendez-vous en soirée, pour lui parler du dernier chèque de pension alimentaire qu'il lui avait envoyé. Sophie, sa belle-sœur, s'était proposée pour garder sa fille Christine, puisque la mère de Jean était en voyage au Kentucky. Après leur rencontre, Jean devait se rendre sur un plateau de tournage pour filmer quelques scènes d'un film où elle avait obtenu un petit rôle. Deux heures après avoir quitté la maison, Jean a appelé sa belle-sœur pour lui dire qu'elle devrait travailler les huit heures complètes du tournage et qu'elle reviendrait très tard, possiblement aux petites heures du matin. La belle-sœur de Jean comprenait très bien, elle savait à quel point le métier d'actrice était exigeant. Il n'était pas rare que la jeune femme doive travailler tard à cause d'imprévus et de retards sur le plateau de tournage. Et puis Sophie connaissait sa belle-sœur : Jean aimait faire la fête et sortir danser dans des discothèques. Elle se doutait qu'après le travail, elle irait peut-être prendre un verre ou deux avec ses amis acteurs. Sophie a donc préféré ne pas lui poser de questions et l'a rassurée en lui disant de ne pas s'en faire, qu'elle s'occuperait bien de Christine.

Sauf que, le lendemain matin, Jean n'était toujours pas rentrée. Ce n'était pas son genre de ne pas dormir à la maison. Sophie, inquiète, a donc appelé la police pour signaler la disparition de sa belle-sœur.

Lorsque les policiers ont commencé les recherches pour retrouver Jean, ils se sont rendu compte que la femme de 26 ans avait menti sur son emploi du temps du 7 octobre. Quand Dexter Benner a été interrogé, il a affirmé ne pas avoir vu Jean depuis plusieurs semaines, et que le rendez-vous allégué n'avait jamais eu lieu. La nouvelle femme de Dexter a corroboré cette information : elle avait passé la journée avec son mari. Alors, qu'est-ce que Jean avait fait cet après-midi-là ? Lorsque les enquêteurs se sont rendus sur le plateau de tournage du film auquel Jean disait participer, personne n'avait le souvenir d'avoir vu la jeune femme le 7 octobre. Évidemment, entre les cameramen, les employés du son, les acteurs, les figurants, les maquilleurs, les traiteurs, il n'est pas toujours évident de se rappeler une personne en particulier. Jean n'étant pas essentielle au bon fonctionnement du film, elle aurait très bien passé inaperçue. Mais en même temps, rien ne prouve que Jean ait travaillé la journée du 7 octobre. En fait, au moment de sa disparition, Jean n'avait aucun projet de film en cours, et les studios ont dit qu'elle n'était pas employée sur ce tournage.

Pourquoi Jean avait-elle menti
à sa belle-sœur ? Quel secret cachait-elle ?

En faisant le tour de divers commerces situés près de Park La Brea, les enquêteurs sont tombés sur une employée de supermarché qui se rappelait avoir aperçu Jean le jour de sa disparition. Il est vrai qu'elle était difficile à manquer : tous les gens qui la voyaient se retournaient sur son passage tellement elle brillait par sa beauté. Il était 18 h quand l'actrice est entrée dans le magasin. Elle semblait attendre quelqu'un et parcourait furtivement le supermarché pour passer le temps. Un autre témoin a contacté les enquêteurs pour leur dire qu'il pensait avoir vu Jean dans la nuit du 7 au 8 octobre. Le témoin en question n'était nul autre que l'animateur de radio Al Lazar, très connu à Los Angeles. Il a dit avoir vu l'actrice au restaurant Cheese Box, situé sur Sunset Boulevard. Jean était accompagnée de deux hommes et les trois étaient assis dans une banquette du restaurant. Ils semblaient se disputer. Peu après minuit, la jeune actrice et les deux hommes auraient quitté le restaurant. Ce fut la dernière fois qu'on a vu Jean Spangler.

Un sac déchiré et une note cryptée

Le 9 octobre, deux jours après la disparition de Jean, un sac à main a été retrouvé à l'entrée du parc Griffith. C'était celui de Jean. Le sac noir était en bien mauvais état, l'une des ganses était brisée, comme si on l'avait brusquement arrachée des épaules de Jean. Immédiatement, les enquêteurs ont pensé à un vol qui aurait mal tourné. La mise en scène : un cambrioleur aperçoit Jean, une belle Californienne aux allures aisées. Seule, elle lui apparaît comme étant une proie facile. Le voleur l'attaque et s'empare de son sac à main. Il se rend compte ensuite que le sac est vide. Déçu, il se débarrasse de sa trouvaille inutile, enterre rapidement le corps de sa victime et continue son chemin. Ainsi, il ne restait plus qu'à trouver le corps de Jean. Une théorie intéressante et logique, certes, mais Sophie en doutait fortement.

Elle savait que le 7 octobre, Jean avait quitté la maison sans argent sur elle. Elle ne possédait pas vraiment de bijoux de valeur non plus. Qu'est-ce qu'on aurait bien pu vouloir lui voler ? Environ 200 volontaires ont fouillé le parc Griffith, un parc naturel très populaire auprès des randonneurs. Malheureusement, ni les experts ni les chiens renifleurs n'ont trouvé quoi que ce soit pouvant les mener à la jeune actrice. On pense donc que le responsable de la disparition de Jean se serait débarrassé rapidement du sac dans le but qu'il soit découvert par les enquêteurs ; c'est pourquoi il l'aurait jeté dans un endroit public.

Il est important de mentionner que la trouvaille du sac à main de Jean fut l'un des éléments les plus essentiels à l'enquête. Car à l'intérieur, il y avait une petite note écrite à la main.

Kirk, je ne peux plus attendre. Je pars voir le Dr Scott, ce sera plus facile puisque ma mère est en voyage.

Kirk était-il celui qu'elle avait réellement prévu de rencontrer cet après-midi-là ? En questionnant les proches de Jean, les membres de sa famille, ses amis, ses collègues de travail, personne n'avait souvenir d'un dénommé Kirk. Un collègue de Jean, le célèbre Richard Cummings, s'est cependant souvenu d'une discussion avec la jeune femme. Elle lui avait dit qu'elle avait commencé à fréquenter un jeune homme qui lui plaisait, mais elle n'avait pas voulu dévoiler son identité. Quand Cummings lui avait demandé si c'était sérieux, Jean avait répondu : « Non, mais je m'amuse comme une folle. » Kirk était-il cet homme mystérieux qui rendait Jean si heureuse ?

Un avortement qui a mal tourné

Quand on a interrogé les amies de Jean, elles ont affirmé qu'au moment de sa disparition, Jean était enceinte de trois mois, mais qu'elle ne souhaitait pas garder l'enfant. À demi-mot, l'actrice avait insinué qu'elle souhaitait se faire avorter. Toutes ces informations ne restent que des rumeurs et des ouï-dire, mais on croit que durant son aventure avec le mystérieux Kirk, Jean aurait pu tomber enceinte par accident et qu'elle aurait pu aller rencontrer un certain Dr Scott pour subir un avortement. Bien qu'en 1949, nous étions encore loin de sa légalisation, à Hollywood c'était une pratique plutôt standard et utilisée à répétition. Ainsi, Jean devait sans doute, elle aussi, trouver une solution rapide pour son problème qui s'apprêtait à devenir permanent.

À l'époque, les jeunes femmes qui voulaient subir un avortement rapide et efficace avaient recours à plusieurs méthodes douteuses pour arriver à leurs fins, encore plus lorsqu'elles manquaient de moyens ou de soutien. Certaines d'entre elles ne prenaient même pas la peine d'aller chez le docteur, mais tentaient de se faire avorter seules, à la maison. C'est à l'aide d'objets sordides comme des cintres et des aiguilles à tricoter qu'elles mettaient un terme à leur grossesse non désirée. Et même lorsque ces jeunes femmes désespérées allaient consulter des médecins pour se faire avorter, elles n'obtenaient pas toujours les meilleurs traitements parce que, malheureusement, il y avait beaucoup de charlatans. Parfois, on poussait les femmes à ingérer des substances toxiques comme des tisanes miraculeuses, des médicaments contre la malaria ou même de l'eau de Javel afin de tuer le fœtus par voie orale. D'autres fois, les procédures étaient plus invasives et consistaient à insérer des produits toxiques dans le vagin ou l'utérus de la femme. Ces pratiques pouvaient provoquer des brûlures chimiques et douloureuses ou même des défaillances d'organes pouvant causer la mort de la patiente. Est-ce le sort que Jean a connu ? A-t-elle été victime d'un avortement clandestin qui aurait mal tourné ?

L'AFFAIRE DU DAHLIA NOIR

Pendant longtemps, c'est cette même théorie de l'avortement ayant mal tourné qui a été privilégiée dans l'affaire du Dahlia Noir. Le matin du 15 janvier 1947, Elizabeth Short a été retrouvée au milieu d'un terrain vague. La femme qui l'a découverte a pensé qu'elle avait affaire à un mannequin de magasin de grande surface dont on s'était débarrassé. Les membres de Short, éparpillés, pâles et impersonnels, gisaient sur le gazon jaune et sec de Los Angeles. Short avait été torturée pendant des heures puis finalement, à l'aide d'un couteau, son assassin lui avait découpé deux grandes lignes aux commissures de la bouche. La jeune femme a quitté notre monde avec un sourire macabre, ensanglanté et éternel. Au début de l'enquête, on croyait qu'Elizabeth Short s'était fait avorter par un docteur imposteur qui l'aurait tuée par accident et se serait ensuite débarrassé du corps de l'actrice, faisant passer son erreur pour un meurtre cruel. Or, ce n'est que récemment qu'on a pu démonter cette théorie. On a découvert que la jeune Elizabeth Short n'avait jamais été enceinte. À ce jour, l'affaire du Dahlia Noir reste l'un des plus grands mystères irrésolus de tous les temps. Mais qu'en est-il de Jean Spangler ? Sans son corps, il est difficile de prouver quoi que ce soit.

Les enquêteurs ont rencontré tous les docteurs de Los Angeles portant le prénom ou le nom de famille Scott. Malheureusement, aucun de ceux-ci ne se rappelait ni le nom, ni le visage de la jeune femme. Néanmoins, je me demande si les policiers ont bien creusé cet aspect. Est-ce que ces docteurs interrogés ont pu fournir un alibi sur ce qu'ils avaient fait la journée du 7 octobre 1949 ? Est-ce que les enquêteurs ont vérifié chacun de ces alibis ? J'ai pensé à la possibilité que, durant le jour, ces docteurs étaient des médecins généralistes réputés, qui pratiquaient dans l'ombre des avortements illégaux et dangereux, chose qu'ils n'auraient pas avouée aux enquêteurs. Quoi qu'il en soit, en faisant le tour des bars et des restaurants fréquentés par Jean, les policiers ont appris par des connaissances de celle-ci qu'il y avait un jeune homme de Los Angeles qui se faisait appeler Doc. Selon les rumeurs, ce fameux Doc était un étudiant en médecine qui faisait des avortements illégaux. Malheureusement, il n'a jamais été retrouvé non plus.

Kirk comme... Kirk Douglas ?

Pour revenir au mystérieux Kirk qui, comme beaucoup le pensent, était l'amant de Jean, une théorie intéressante a vu le jour à son sujet. En effet, cet homme était énigmatique puisque, de la manière dont on le décrivait, il semblait vouloir garder l'anonymat. Jean avait parlé à ses amies de son nouveau prétendant, mais à aucun moment elle n'avait révélé l'identité de celui-ci. Peut-être que son amant lui avait demandé de taire son nom ? Florence, la mère de Jean, se rappelle qu'à deux reprises, un homme était venu chercher sa fille à la maison. Or, les deux fois, il n'a pas voulu descendre de son véhicule. Cette anecdote me laisse perplexe ; pourquoi la nouvelle fréquentation de Jean ne sortait-elle pas de son auto ? Il me semble que les règles non écrites étaient bien importantes au début du XXe siècle. C'était sans doute perçu comme un manque de savoir-vivre pour un homme d'aller chercher une jeune femme chez elle sans même prendre la peine de sortir lui ouvrir la portière de la voiture. Jamais Florence n'a fait de commentaire à sa fille. Qui était ce fameux inconnu qui ne voulait pas se faire voir ?

Or, en 1947, un acteur du nom de Kirk était alors au sommet de sa gloire : Kirk Douglas, le père du grand Michael Douglas. Et il se trouve que Jean était apparue à l'écran avec lui dans le film *Young man with a horn.* Quand Douglas a appris qu'on avait retrouvé le sac à main de Jean avec une note adressée à un certain Kirk à l'intérieur, il s'est tout de suite inquiété. En octobre, il a appelé les enquêteurs pour leur dire que la note retrouvée ne le concernait pas et qu'il voulait s'assurer qu'on ne le soupçonne pas de quoi que ce soit. Il a même donné une conférence de presse avant que les gens l'accusent d'être le responsable de la disparition. Or, avant que Kirk Douglas appelle les policiers, ces derniers n'avaient même pas pensé à l'acteur lorsqu'ils ont lu la note cryptique ! En les appelant pour prouver son innocence, Douglas avait planté des doutes chez les inspecteurs. Ils le considéreraient désormais comme un suspect.

Et si Kirk Douglas, reconnu comme un homme à femmes, avait eu une relation avec Jean Spangler ?

Ça pourrait expliquer pourquoi il tenait le plus possible à son anonymat. À l'époque, Douglas était marié à l'actrice Diana Dill. Ainsi, s'il avait eu une relation extraconjugale avec une autre actrice, celle-ci devait rester secrète le plus possible. Ça pourrait expliquer pourquoi Jean devait taire le nom de son amant et pourquoi ceux-ci ne devaient pas être vus ensemble en public. Si nous continuons avec cette théorie, si Kirk Douglas et Jean Spangler avaient bel et bien eu une relation et que Jean était tombée enceinte de Douglas, un homme marié, ça expliquerait pourquoi il était important pour elle d'avoir un avortement. Dans les médias, Douglas a pris soin d'expliquer qu'il ne se souvenait pas de la jeune actrice avant qu'un collègue lui souligne qu'ils avaient échangé quelques mots sur un tournage, et d'exprimer son désir de la retrouver : « J'aimerais pouvoir aider, mais je ne connaissais même pas le nom de cette fille. […] Je me suis rappelé que c'était une grande femme qui portait une robe verte, avec qui j'ai parlé et fait des blagues sur le plateau de tournage, mais j'ai fait la même chose avec beaucoup d'autres gens sur le plateau cette journée-là. […] Mais je n'avais jamais vu cette fille avant et je ne l'ai jamais revue après. Je ne suis jamais sorti avec elle non plus. » Ce que les médias ne savaient pas, c'est que lors de la disparition de Jean, l'acteur avait un excellent alibi. Kirk Douglas était en vacances à

Palm Springs avec sa famille. Après les explications de Douglas et de son avocat, les policiers ne l'ont plus considéré comme un suspect dans l'affaire.

Le Dahlia Noir

Jean Spangler était considérée comme une jeune femme qui savait s'amuser ; elle était reconnue pour être une fêtarde. C'est avec beaucoup d'élégance qu'un policier du Département de police de Los Angeles a dit : « La seule chose qu'on a pu découvrir sur elle, c'est qu'elle aimait coucher à gauche et à droite. » Il n'était pas rare que Jean passe des soirées entières à boire et à danser dans les bars les plus huppés de Los Angeles. Elle essayait toujours de développer des contacts et de parler à des gens importants dans le but de faire avancer sa carrière d'actrice. Ici, on peut voir un lien évident entre le meurtre d'Elizabeth Short et la disparition de Jean Spangler. Les deux femmes avaient un profil presque identique. Toutes deux étaient de belles brunettes qui aspiraient au métier d'actrice, des fêtardes qui aimaient la compagnie de jeunes hommes riches et célèbres. Short et Spangler étaient prêtes à tout pour faire avancer leur carrière, elles étaient impulsives et prenaient des risques.

Seraient-elles tombées dans les griffes d'un prédateur qui aurait abusé de leur naïveté et de leur désir de percer ?

Le docteur George Hodel a longtemps été un suspect important dans l'affaire du Dahlia Noir. Malheureusement, les enquêteurs n'ont jamais pu l'arrêter, par manque de preuves. Le fils de Hodel, Steve Hodel, un ancien détective de Los Angeles, a toujours pensé que son père était responsable du meurtre d'Elizabeth Short. Il a consacré sa carrière à tenter de prouver que son père était l'assassin du Dahlia Noir, il a même écrit un livre sur le sujet. Il affirme que son père aurait pu être l'auteur de plusieurs autres meurtres comme ceux de Jeanne French et de Jean Spangler, ce qui en ferait un tueur en série. Le Dr George Hodel avait déjà été accusé du meurtre de sa secrétaire quelques années plus tôt, mais les policiers n'ont jamais pu l'arrêter. Steve Hodel va même jusqu'à penser que son père pourrait être le fameux tueur du Zodiaque, mais il n'a jamais pu le prouver non plus. Au moment de la disparition de Jean Spangler, entre 1945 et 1950, George Hodel vivait dans une demeure luxueuse d'Hollywood. Il a été marié plus d'une fois et il a eu plusieurs maîtresses durant cette période. En 1950, il a fui le pays et s'est réfugié aux Philippines jusqu'en 1990. Comme Hodel était docteur, son fils a proposé la théorie que, peut-être, Jean Spangler avait prévu de le rencontrer pour son avortement. Il est possible que la procédure ait mal tourné et que le praticien ait dû se débarrasser du corps de sa patiente. De plus, le Dr Hodel ne vivait qu'à deux minutes du parc Griffith, l'endroit où on a retrouvé le sac à main de Jean. Il aurait été facile pour celui-ci d'aller le jeter dans le parc tout en passant inaperçu. Étrangement, les policiers n'ont jamais cherché à l'interroger.

Des gangsters louches

Quelques mois avant la disparition de Jean, le jeudi 18 août 1949, Mimi Boomhower, une veuve de 48 ans, avait disparu à Los Angeles. Encore une fois, il est difficile de ne pas faire de lien entre ces deux disparitions puisque, comme dans l'affaire de Jean, Mimi avait disparu en ne laissant qu'un objet derrière elle : son sac à main, retrouvé dans une cabine téléphonique. À l'intérieur, une note avait été laissée : « Département de police – on a retrouvé ça sur la plage, jeudi soir ». Jean Spangler et Mimi Boomhower étaient toutes deux célibataires. Jean était divorcée et Mimi était veuve. C'est du point de vue de leur personnalité que les deux femmes se ressemblaient le plus. Les deux étaient très sociables, aimaient faire la fête et fréquenter les clubs prestigieux de Los Angeles. Thomas Ellery Evans, un gangster connu de la police de Los Angeles, avait été un suspect important dans la disparition de Mimi. Toutefois, on n'avait jamais pu recueillir suffisamment de preuves pour l'arrêter. Quand Jean Spangler a disparu, les enquêteurs l'ont recontacté afin de voir s'il pouvait y avoir une connexion dans la disparition des deux femmes.

Comme Jean avait déjà travaillé comme danseuse dans plusieurs cabarets appartenant à la mafia, il est possible qu'elle ait eu des contacts parmi les gangsters les plus puissants de Los Angeles. Selon les rumeurs, elle avait même déjà eu une relation avec un dénommé David Ogul, l'associé du gangster Mickey Cohen, très connu dans le milieu. Un témoin anonyme a affirmé avoir vu Jean Spangler en compagnie d'Ogul quelques jours avant la disparition de celle-ci. Le couple avait été aperçu dans le désert de Palm Springs, lieu de vacances très prisé des gens riches et célèbres de l'époque. Étrangement, deux jours après la disparition de Jean Spangler, Ogul a disparu à son tour. Lui non plus n'a jamais été retrouvé.

Certaines théories avancent que Jean Spangler brassait des affaires illégales avec Ogul. Le couple aurait eu un *modus operandi* qui fonctionnait chaque fois. Jean avait des relations sexuelles avec des gens importants du milieu cinématographique, souvent des acteurs mariés, et ensuite, Ogul les faisait chanter, les menaçant de rendre publique leur relation extra-conjugale. Ainsi, Spangler et Ogul réussissaient à leur extorquer plusieurs milliers de dollars.

Deux hypothèses découlent de cette théorie. Peut-être qu'en effet, Jean Spangler s'adonnait à des arnaques de la sorte afin de gagner sa vie. Et que David Ogul et elle auraient été victimes de leur *business*. S'en seraient-ils pris à des gens plus puissants qu'eux ? Y aurait-il eu un règlement de comptes dont Jean aurait été victime malgré elle ? C'est une théorie intéressante puisqu'on peut aussi l'associer à Jeanne French, Elizabeth Short et Mimi Boomhower. Est-ce que ces femmes gagnaient leur vie de la même façon ?

D'autres personnes croient qu'en fait,
Jean Spangler serait toujours en vie.

Après sa disparition, de nombreux témoins affirment l'avoir vue à plusieurs endroits différents. Un douanier d'El Paso dit avoir vu la jeune actrice quatre mois après sa disparition. Selon lui, elle faisait route vers Las Vegas en compagnie de David Ogul. D'autres personnes disent avoir vu Jean dans le nord de la Californie, à Phoenix, en Arizona et même dans la ville de Mexico. Il est possible qu'en effet, Jean ait fui sa vie à Hollywood pour continuer ses affaires fructueuses avec la mafia. Peut-être aussi qu'elle a été captive de son mode de vie, les gangsters avec qui elle traînait ne la laissant pas retourner chez elle. Florence, la mère de Jean, a déclaré que, selon elle, il était impossible que Jean ait abandonné sa propre fille pour rebâtir sa vie ailleurs. Cela ne lui ressemblait pas. De mon côté, si Jean était vraiment celle qu'on décrit, je crois que cette théorie pourrait être sensée. L'actrice était dépeinte comme une fêtarde ayant besoin d'attention. Et si son rôle de mère n'était pas si essentiel à ses yeux ? Et si son goût de séduction et de liberté était plus fort que son amour pour Christine ? Est-il possible que Jean ait orchestré sa disparition afin de pouvoir refaire sa vie ailleurs, en compagnie de gangsters prestigieux ?

*

Ce qui est fascinant dans cette affaire, c'est que toutes ces théories sont crédibles. Si Jean était encore en vie, elle aurait 96 ans aujourd'hui. Qui sait, peut-être l'avez-vous déjà croisée lors d'un voyage au Mexique ou de vacances en Arizona ? Peut-être aussi que Jean a tout simplement été victime d'un tueur opportuniste ayant profité de sa vulnérabilité pour assouvir ses besoins pervers ? La vérité, on ne la connaîtra peut-être jamais. Mais d'ici là, gardez quand même l'œil ouvert, au cas où !

CHAPITRE 5

La famille Méchinaud – Tragique nuit de Noël

Jacques Méchinaud sort en vitesse dans le froid cru de cette fin d'année. C'est le 24 décembre 1972, il a fêté Noël avec sa famille chez des amis et il est l'heure de repartir. La nuit est si sombre et le brouillard si épais qu'on ne voit même pas la lune. Il fait démarrer son auto quelques minutes pour permettre aux vitres de dégivrer et au moteur de se réchauffer. Amateur de voitures, Jacques chérit particulièrement la sienne, une Simca 1 100 de couleur grenat. Dès qu'il entend le vrombissement du moteur, il retourne vite au chaud dans la maison et dit à ses enfants et à sa femme de mettre leur manteau pour se préparer à partir. Il remercie ses amis pour la belle soirée : « Joyeux Noël, encore un gros merci ! » Après quelques blagues et échanges de souhaits, il est environ 2 h du matin quand la famille Méchinaud quitte la rue de la Plante.

Et après ça, le noir total.

Une famille comme les autres... ou presque

Les Méchinaud ressemblent à n'importe quelle famille française. Normaux. Sans histoire. Jacques Méchinaud, qui a 31 ans au moment de la disparition, est décrit par ses proches et ses collègues comme un homme très travailleur. Il est ouvrier dans les usines de Saint-Gobain. Jamais il ne manque le travail, il est toujours présent, fidèle au poste. Il ne boit pas et ne fume pas. Tous ceux qui connaissent la famille sont unanimes : Jacques Méchinaud est un homme droit et honnête. En 1965, à l'âge de 24 ans, il s'est marié avec Pierrette Esnard, une jeune femme de 22 ans qui était tombée enceinte de lui. Au début, cela lui a causé un choc. Des amis de longue date ont raconté que lorsque Jacques a appris la nouvelle, il a menacé de se jeter à l'eau avec sa voiture. Pourtant, ce qui semblait être à l'époque une erreur de parcours s'est révélé le début d'une belle vie de famille, celle dont, je crois, Jacques avait toujours rêvé. Au moment de leur disparition, Jacques et Pierrette ont deux enfants, Éric, sept ans, et Bruno, quatre ans. La jeune famille vit à Boutiers-Saint-Trojan, dans une petite maison située à quelques kilomètres du lieu de travail de Jacques, l'usine Saint-Gobain. Quand il est en congé, Jacques fait quelques travaux de mécanique ici et là pour arrondir ses fins de mois. Il est toujours très occupé. Pierrette, elle, est femme au foyer. Quelques voisins bavards affirment qu'elle semble s'ennuyer un peu. On l'aperçoit parfois en compagnie d'un homme, un voisin du quartier. Des disputes éclatent aussi quelques fois entre Jacques et elle. Cependant, elle prend son rôle de mère au sérieux et s'occupe très bien de sa famille.

UNE DISPARITION LÉGENDAIRE

La disparition de la famille Méchinaud, en 1972, semble ancrée dans la culture collective de la France. Pourtant, ce n'est pas la seule fois qu'une famille entière a disparu. On peut penser à d'autres tragédies familiales qui ont eu lieu au XXIe siècle, comme l'affaire Xavier Dupont de Ligonnès ou, plus récemment, l'affaire Troadec. Ce qui rend cette affaire extraordinaire, c'est que pour les policiers, il s'agit d'une enquête quasi impossible à résoudre. Les Méchinaud n'ont laissé aucun indice derrière eux. Rien. Durant mes recherches pour ce chapitre, j'ai consulté les articles qui ont été écrits sur le sujet. Dans chacun d'eux, ce sont toujours les mêmes informations, les mêmes questions, les mêmes hypothèses qu'on nous répète *ad nauseam*. Au fil des années, quelques détails insignifiants ont changé ; par exemple, la rue Plante est devenue la rue de la Plante, puis la rue des Plantes. L'heure de départ des Méchinaud varie aussi entre 1 h et 2 h 30 du matin. Mais au final, la question importante reste la même : *Que s'est-il passé ?*

Le 24 décembre 1972, la famille Méchinaud est allée passer le réveillon à Cognac, chez leur couple d'amis les Fontanillas. D'après leur témoignage, ce fut une soirée typique du temps des Fêtes. L'ambiance était chaleureuse et douce, Éric et Bruno, fébriles, attendaient avec impatience le retour à la maison pour enfin ouvrir leurs cadeaux. En effet, comme le veut la tradition, les Méchinaud avaient prévu de déballer les cadeaux après minuit. Mais la soirée du réveillon a duré plus longtemps que prévu, malgré le fait que M. Fontanillas devait travailler à 4 h du matin et souhaitait donc se coucher assez tôt. Ce n'est qu'à 2 h que les Méchinaud sont partis, ignorant les sous-entendus subtils de leurs hôtes et les suppliques impatientes de leurs enfants. Cette nuit-là, un brouillard imposant réduisait la visibilité sur les routes. On ne pouvait voir qu'à quelques mètres devant soi. Mais comme sa maison était très proche de celle des Fontanillas, à moins de quatre kilomètres, Jacques a pris le volant malgré la météo. Il n'en avait après tout que pour huit minutes avant d'arriver chez lui. Ainsi, comme dans plusieurs disparitions mystérieuses, les événements prennent place dans une fenêtre de temps d'à peine quelques minutes. C'est fou de constater qu'en moins de dix minutes, la vie de quatre personnes changera du tout au tout.

Un carnet de chèques et une dinde

Le lendemain, les Méchinaud avaient prévu un autre repas de Noël à midi avec Jean-Paul, le frère de Jacques. Aux dires de Jean-Paul, ce déjeuner n'a jamais eu lieu, mais ce dernier ne semble pas s'être inquiété puisqu'il n'a pas signalé leur disparition (on peut trouver cette information dans les journaux). Quand, les jours suivants, Jacques ne s'est pas présenté à l'usine, ses collègues ont su que quelque chose n'allait pas. Jacques n'avait pas l'habitude de manquer le travail. Au début du mois de janvier, alors que l'entourage des Méchinaud n'avait pas de nouvelles d'eux depuis plusieurs jours, l'enquête a finalement débuté.

Les policiers ont commencé par inspecter la demeure des Méchinaud, une jolie maison aux volets verts. Dans tous les articles de journaux, on raconte qu'en entrant dans la maison, c'était comme si le temps s'était figé. Le sapin de Noël était encore décoré de guirlandes multicolores. Les cadeaux des enfants, intacts, attendaient à son pied. C'était une scène de Noël bien macabre, comme une boule en verre qu'on voudrait faire éclater. Dans le réfrigérateur, une dinde et des huîtres, maintenant avariées, indiquaient un bien mauvais présage. Tous les vêtements des Méchinaud étaient encore dans les garde-robes. Derrière eux, Jacques et Pierrette avaient laissé leur carnet de chèques et leurs papiers d'identité.

Tout porte à croire que la nuit de Noël, les Méchinaud ne sont jamais arrivés chez eux.

Lorsque les enquêteurs ont réalisé que les Méchinaud étaient portés disparus depuis la nuit de Noël, ils ont tout de suite pensé qu'ils auraient pu être victimes d'un accident de voiture. La route séparant Cognac et Boutiers-Saint-Trojan n'est pas hasardeuse, mais elle est entourée de cours d'eau. Des recherches sont donc effectuées à Cognac, mais aussi dans le fleuve de la Charente, qu'on inspecte sur plusieurs kilomètres. Malheureusement, rien ne ressort de ces fouilles. Pourtant, une voiture ne peut pas disparaître aussi facilement ! C'est comme si la Simca 1 100 était entrée dans une autre dimension tout en transportant ses passagers avec elle. Pouf ! Complètement volatilisée !

Grâce aux avancées technologiques, le fleuve a de nouveau été sondé à l'aide d'un radar subaquatique. On a fait des tests à plusieurs reprises, soit en 2011, 2012 et 2013. Le 7 octobre 2013, l'énigme semblait enfin résolue quand une Simca 1100 a été retrouvée dans la Charente. La couleur de la voiture, bien qu'un peu délavée et vieillie par l'eau, ressemblait à celle de l'auto de Jacques Méchinaud ! Mais à la surprise de tous, ni la plaque d'immatriculation ni le numéro d'identification du véhicule ne correspondaient. Cette trouvaille plutôt surprenante n'était en fait qu'une malheureuse coïncidence. Selon des experts, comme le niveau du fleuve a tendance à baisser pendant l'été, si l'auto des Méchinaud y était, on l'aurait retrouvée.

Une double vie et des théories

Durant les recherches, l'enquête a montré que Pierrette menait une double vie depuis quelques mois déjà. La mère de famille entretenait une liaison secrète avec l'un de ses voisins, Maurice Blanchon. Elle avait même confié à sa sœur qu'elle prévoyait de se séparer de Jacques après le temps des Fêtes. Selon sa sœur, quand Jacques a appris la trahison de sa femme, une violente dispute a éclaté au sein du couple. Les proches des Méchinaud affirment que Jacques était un homme très jaloux, au tempérament plutôt violent lorsqu'il était question de mensonges. Selon ce que j'ai lu, Jacques ne semblait jamais passer à l'acte, mais il était violent dans ses propos quand il se sentait trahi. Par exemple, durant l'enquête, un ancien collègue de Jacques s'est rappelé que le père de famille lui avait déjà confié : « Si un jour j'apprends que ma femme me trompe, tout le monde y passera et il n'y aura pas de rémission. » Pierrette, elle, avait déjà rapporté à une amie les propos que Jacques avait tenus sur la question de l'infidélité. Un soir, ils regardaient les nouvelles lorsqu'un reportage avait parlé d'un homme ayant abattu sa femme qui lui avait été infidèle. Jacques, très sérieux, s'était tourné vers Pierrette et lui avait dit : « Si tu me trompais, je ferais la même chose. »

Est-il possible que la disparition de la famille Méchinaud soit liée à un drame familial ? Un meurtre collectif ?

À MES YEUX...

Cette théorie, loin d'être impossible, pourrait expliquer les événements ayant pris place le soir de Noël. Or, elle est loin de nous révéler où sont les Méchinaud à l'heure qu'il est.

Par exemple, dans l'affaire Dupont de Ligonnès, les policiers ont vite retrouvé les corps de tous les

membres de la famille, enterrés dans la cour. Xavier Dupont de Ligonnès, le père, n'y était pas. On soupçonne qu'il a tué toute sa famille, les a enterrés sous le patio, pour ensuite s'enfuir à tout jamais. Encore aujourd'hui, il est considéré comme l'homme le plus recherché de France. Mais malgré toutes les questions entourant cette affaire, nous avons une bonne idée de ce qui a pu se passer. Dans le cas de la disparition des Méchinaud, en revanche, nous n'avons aucune piste !
C'est peut-être pour cela que cette histoire est si intrigante et que nous en parlons encore aujourd'hui, près de 50 ans plus tard !

Et si Jacques avait décidé de partir dans un autre pays, emmenant sa famille de force avec lui ? Il avait toujours rêvé d'habiter l'Australie. Il aurait pu décider de faire le grand saut et de déménager. Les infidélités de sa femme l'auraient peut-être motivé à amener Pierrette et ses enfants très loin de la France. Jacques avait beaucoup d'argent liquide. On ignore combien il avait exactement, mais lorsqu'il faisait des petits jobs de mécanique, on le payait toujours en argent comptant. De ce qu'on en sait, cet argent n'a jamais été déposé dans ses comptes de banque. Après plusieurs années, il devait avoir amassé une bonne somme. Peut-être même suffisante pour se rendre dans un autre pays. Par contre, ses comptes en banque ont été surveillés de très près et on n'y a pas vu de mouvement ni avant ni après sa disparition. Jacques venait de recevoir une paye, qui n'a jamais été retirée.

Serait-il parti en laissant sa maison,
ses vêtements et ses papiers derrière lui ?

Maurice Blanchon, l'amant de Pierrette et témoin malgré lui, a d'abord été un suspect très intéressant. Or, très vite, les policiers l'ont lavé de tout soupçon. Blanchon, de son côté, continue de penser que les Méchinaud auraient très bien pu déménager dans un autre pays et se reconstruire une vie en Australie. Selon lui, c'est l'hypothèse la plus probable. Il a de la difficulté à penser que Jacques aurait pu assassiner sa femme et ses enfants de sang-froid. Ce pauvre homme a été victime de sa relation extraconjugale pendant de longues années. Pris au milieu de tout un cirque médiatique, harcelé par les journalistes nuit et jour, Maurice Blanchon a fini par en avoir réellement marre. Souhaitant qu'on le laisse tranquille, il a déclaré : « Je m'en fous éperdument de cette histoire. » Bien que ces quelques mots semblent cruels, on peut le comprendre. Cet homme a été mêlé à une histoire de drame familial à cause de sa relation avec Pierrette. Comme nous pouvons le constater dans toutes les histoires de disparitions, les dommages collatéraux sont innombrables. Ici, on parle de quatre victimes. Toutefois, il ne faut pas oublier tous les proches de la famille Méchinaud qui ont été lourdement affectés par cette histoire.

Ainsi, au fil des années, plusieurs ossements humains ont été retrouvés dans cette région de la France.

Chaque fois, le cœur de Jean-Paul Méchinaud se serre. Et si c'était son frère ? Les tests ADN prouvent toujours le contraire. Récemment encore, un résident de Cognac a voulu faire des changements dans une maison dont il est le propriétaire. En brisant la dalle dans son jardin, l'homme a découvert sept dépouilles, dont cinq adultes et deux enfants. Or, les médecins légistes ont déterminé que ces restes y étaient depuis plus de 90 ans.

*

J'aurais aimé terminer ce chapitre en résolvant l'affaire, en vous offrant une théorie nouvelle ou quelques réponses à vos questions. Malheureusement, nous ne sommes pas dans un film hollywoodien ou un roman dont vous êtes le héros. Dans la vraie vie, c'est rarement comme ça que les choses finissent. Il ne faut pas oublier que dans cette histoire, aussi intrigante soit-elle, un jeune couple a disparu en entraînant ses enfants avec lui. Si les Méchinaud sont bien morts la nuit de Noël 1972, Éric et Bruno n'ont jamais eu la chance de grandir et de vivre leur vie, Pierrette et Jacques n'ont jamais eu l'occasion de se réconcilier. Comme je parle si souvent de disparitions dans mes vidéos, dans ce livre, avec mes proches, il est parfois difficile pour moi de penser, *et si cela arrivait à un membre de ma famille ? À mon mari ? À mes amies ?* C'est facile de voir ces histoires comme des mystères, des histoires d'horreur, des énigmes à résoudre… Mais il ne faut jamais oublier de prendre un peu de recul et de voir ces drames d'un autre œil. Ce sont de vraies victimes qui méritent qu'on leur dédie un chapitre, une pensée, une prière même.

Aujourd'hui, selon la législation, les Méchinaud sont considérés comme « absents », jusqu'à nouvel ordre. Jacques Méchinaud et sa famille font, en quelque sorte, partie du folklore de la région de Cognac. Chaque année depuis 1980, Robert Richard, le maire de Boutiers, fait toujours la même déclaration lors des scrutins : « Et si les Méchinaud viennent voter, vous me prévenez ! » Une blague de mauvais goût venant du maire ? On peut le voir de cette manière… ou on peut remarquer à quel point l'affaire Méchinaud a marqué des générations et fait partie de la mémoire collective du village. Peut-être que ces propos du maire ne font que nous rappeler, avec un peu d'humour, que la famille Méchinaud ne sera jamais oubliée et qu'on continuera toujours d'espérer que cette affaire sera résolue un jour…

CHAPITRE 6

Diane Augat – La disparue des bas-fonds

Diane Augat aurait pu être une antihéroïne tout droit sortie d'un roman de John Grisham. Pourtant, cette affaire est bien réelle. La disparition de cette femme m'interpelle plus particulièrement parce qu'avec toutes les pistes qu'elle a laissées, je suis étonnée que personne n'ait encore résolu cette affaire. Où sont les Websleuths et les détectives amateurs lorsqu'on a besoin d'eux ? Très peu d'articles lui sont consacrés et il n'y a que deux ou trois photos d'elle disponibles sur le Web. Est-ce que cette histoire est moins importante que les autres ? Pourquoi la vie de Diane Augat semble-t-elle avoir moins de valeur ? Au fur et à mesure de mes recherches, j'ai fini par comprendre pourquoi les médias et les amateurs de *True Crime* ne se sont pas jetés sur cette histoire comme ils l'ont fait, par exemple, pour celles de la petite Cédrika Provencher ou de Madeleine McCann. Le cas de Diane Augat est intrigant, certes, mais peu séduisant.

Une femme alcoolique aux prises avec de graves problèmes mentaux disparaît dans les quartiers les plus crasseux de la Floride : « C'est sa faute, assurément ! Elle l'a cherché ! » Pourtant, les choses ne sont pas aussi simples. Au fil de ce récit, vous verrez que Diane a probablement fait de mauvaises rencontres, qu'elle a sûrement pris des risques inutiles. Pourtant, je suis d'avis que Diane Augat mérite qu'on parle d'elle, qu'on raconte les moments ayant précédé sa disparition. Plus important encore, je crois qu'elle mérite qu'on sache ce qu'il est advenu d'elle.

Un appel qui glace le sang

Tout a commencé d'une manière, on l'avouera, peu banale. Le samedi 11 avril 1998, Mildred Young, 59 ans, écoute le nouveau message laissé sur sa boîte vocale :

Aidez-moi ! Aidez-moi ! Laissez-moi sortir d'ici !

Cette voix, elle l'aurait reconnue parmi des milliers : c'est celle de sa fille, Diane. Elle réécoute le message une deuxième fois. *Aidez-moi ! Aidez-moi ! Laissez-moi sortir d'ici !* Une troisième fois. *Aidez-moi ! Aidez-moi ! Laissez-moi sortir d'ici !* À la quatrième écoute, Mildred entend autre chose à la fin du message, une phrase qu'elle n'avait pas perçue précédemment. Elle distingue la voix de Diane qui lance furieusement : « Hé, donne-moi ça ! » Il y a quelqu'un d'autre près de sa fille. Elle entend bien qu'une personne essaie de lui arracher le téléphone des mains.

*

Au moment de sa disparition, Diane Augat est une femme de 40 ans avec beaucoup de problèmes. Tout son entourage s'inquiète constamment pour elle. Diane a souvent besoin d'aide, qu'on s'occupe d'elle, qu'on la sorte du pétrin. Elle est comme une adolescente volatile et irresponsable prise dans le corps d'une mère divorcée de 40 ans. Elle est difficile à suivre, mais facile à aimer. Cependant, il n'en a pas toujours été ainsi. La vie de Diane est en montagnes russes.

Une vie qui bascule

Née le 21 février 1958, Diane a toujours été une femme qui, malgré elle, attire l'attention. Quand elle entre dans une pièce, tout le monde se retourne sur son passage. Il faut dire qu'avec sa belle crinière blonde-rousse frisée et ses yeux bleus éclatants, souvent maquillés de noir, elle est difficile à manquer.

Diane s'est mariée avec un homme du nom de Frederic lorsqu'elle était dans la jeune vingtaine. Ensemble, ils ont eu deux filles et un garçon. Diane était une mère aimante et avait une bonne vie de couple. Frederic et elle s'aimaient profondément. Elle prenait bien soin de sa famille, traitait ses proches comme des rois. Elle adorait le plein air et les activités extérieures. Respirer l'air frais lui faisait un bien fou. À son grand plaisir, elle avait réussi à transmettre à ses enfants sa passion pour la nature. Les fins de semaine, elle aimait aller à la pêche et faire du camping en famille. Diane était aussi proche de ses frères et sœurs, mais surtout de sa mère, Mildred, avec qui elle aimait passer beaucoup de temps.

Ceux qui la connaissent depuis longtemps la décrivent comme une femme artistique, talentueuse, libre et heureuse.

Lorsque Diane a eu 30 ans, les choses ont commencé à changer. Au départ, ce n'étaient que des détails inoffensifs, presque imperceptibles, mais Frederic remarquait que sa femme n'était plus la même. Elle avait constamment des sautes d'humeur exagérées. L'état de Diane se dégradait à vue d'œil. À plusieurs reprises, Frederic l'a surprise en train de parler toute seule. En fait, tous les proches de Diane ont détecté sa maladie de cette manière, en la voyant parler à quelqu'un qui n'existait pas. Ça devait glacer le sang. Une visite chez le psychiatre a enfin permis à Diane de savoir ce qui n'allait pas chez elle. Le diagnostic du spécialiste est tombé comme une tonne de briques : troubles bipolaires importants. Maladie mentale. Dépression. Manies. Médication à prendre pour la vie.

À MES YEUX...

Il n'y a pas beaucoup de photos de Diane sur Internet. Quand on fait une simple recherche sur Google, on voit toujours circuler les mêmes photos d'elle. D'un rapide coup d'œil, on peut facilement constater qu'au moment de leur prise, elle n'était pas dans son état normal. De plus, la photo officielle qu'on voit partout est floue et pixelisée. Diane a les paupières tombantes, les yeux fatigués et cernés. Son regard est égaré. Elle a la bouche entrouverte, comme si on l'avait photographiée entre deux mots. Ses cheveux sont en bataille, on pourrait même la confondre avec la tueuse en série Aileen Wuornos. Où sont passées les photos de Diane en camping, à la pêche avec sa famille, en train de rire ? Qui a fait le choix de cette photo macabre distribuée dans les journaux ? On sait tous qu'une image vaut mille mots. Diane ne méritait-elle pas d'être présentée comme une victime plutôt qu'une femme déchue et alcoolique ? Je crois que si les médias avaient partagé une belle photo de Diane, où elle sourit, une photo d'elle avant la maladie mentale, entourée de ses enfants, avec son mari, le public aurait eu plus de compassion pour elle. Les recherches auraient porté sur une mère de famille plutôt que sur une femme bipolaire avec des problèmes de dépendance. Qui sait, peut-être qu'aujourd'hui, elle serait parmi nous ?

Malgré le choc, la situation n'était pas si mauvaise. Si Diane prenait bien ses médicaments tous les jours, les épisodes dépressifs seraient plus discrets, voire disparaîtraient complètement de sa vie. Lorsqu'elle était médicamentée, elle allait bien et fonctionnait comme une personne normale, en bonne santé. Mais les troubles bipolaires peuvent parfois être vicieux et trompeurs. Quand Diane sentait enfin qu'elle reprenait du mieux, qu'elle était en pleine forme, elle arrêtait de prendre ses pilules et, bien vite, elle sombrait à nouveau dans la dépression. Chaque épisode était pire que le précédent. Plus les années avançaient, plus les problèmes de Diane empiraient. Elle commençait à prendre goût à l'alcool, elle en était même devenue dépendante. Frederic soupçonnait aussi une dépendance à la drogue. Laquelle ? Il ne savait pas. Mais sa femme était en chute libre et elle continuait de se diriger vers le fond du baril.

C'est en 1988 que Frederic s'est séparé de Diane et qu'elle a perdu la garde de ses trois enfants. Elle ne pouvait s'occuper d'elle-même, encore moins de ses enfants ! En 1991, Frederic a officiellement demandé le divorce. À partir de ce moment, la vie de Diane a rapidement basculé. En dix ans, elle a été internée à plus de 32 reprises dans un hôpital psychiatrique, mais ses séjours n'étaient jamais très longs. Elle finissait toujours par sortir de l'hôpital et retombait vite dans sa routine malsaine : alcool, drogues et médicaments. Durant la même période, Diane a été arrêtée par la police à quelques reprises pour des offenses mineures. Malheureusement, les informations sur ces arrestations ne sont pas accessibles au grand public, mais on peut facilement s'imaginer qu'avec son état mental, Diane ait été, plus d'une fois, dans la mire des policiers.

Diane a été internée à l'hôpital psychiatrique pour la dernière fois en avril 1998. Elle en est sortie après une semaine seulement. Sa sœur Deborah, inquiète, a alors décidé de l'héberger chez elle pour pouvoir garder un œil sur elle. Deborah habitait dans la ville d'Hudson, en Floride, à 20 kilomètres de la maison de Diane qui, elle, vivait à Odessa. Mais comme Diane n'avait pas de voiture, Deborah savait qu'elle n'aurait pas d'autre choix que de rester avec elle à la maison.

Le jour fatidique

Le 10 avril 1998, Deborah a un rendez-vous chez le docteur à 11 h du matin. Diane profite de l'absence de sa sœur pour sortir un peu. Elle se rend au Hayloft Pub, sur la rue Little Road, à deux kilomètres de la maison de Deborah.

Le Hayloft Pub est un petit bar de quartier où se réunissent tous les motocyclistes du coin. Des concours de fléchettes ont lieu toutes les semaines et la bière n'est pas chère. Ce n'est pas le bar le plus élégant, mais c'est l'endroit idéal pour quelqu'un qui veut boire de l'alcool fort à 11 h le matin. Diane aimait aller dans ce genre d'endroits afin de rencontrer des hommes intéressants, avec beaucoup d'argent. C'est sa mère, Mildred, qui nous révèle cet aspect de Diane dans les quelques articles de journaux écrits sur le sujet. Les hommes riches étaient le point faible de sa fille. Elle s'est souvent retrouvée dans le pétrin à cause de ces rencontres fortuites. Quand elle avait beaucoup bu, elle devenait très sociable et avait tendance à fraterniser avec les mauvaises personnes. Lorsqu'elle était en crise, elle pouvait parler pendant des heures sans s'arrêter. Elle ne remarquait même pas que la personne devant elle ne l'écoutait pas, elle continuait à raconter sa vie, comme on lit un livre à voix haute.

Ce jour-là, Diane est d'une humeur particulièrement fêtarde. Les verres vides et les limes sèches s'accumulent sur le comptoir collant du bar. Vers 15 h, le barman décide d'arrêter de servir Diane, qui commence à se comporter étrangement. Elle se parle à elle-même et tourne en rond dans la salle. Dix, quinze, vingt fois. Elle marche en cercles sans s'arrêter. Le barman, étourdi par l'énergie de Diane, lui dit gentiment qu'il va arrêter de la servir, qu'elle devrait plutôt rentrer chez elle. Se sentant insultée, Diane quitte le bar en continuant de parler seule.

Après cet épisode, Diane n'est pas revue jusqu'au lendemain, le 11 avril, à 16 h. Un automobiliste croit l'apercevoir marchant sur la longue route US19. Elle se dirige vers le nord. On n'a jamais pu confirmer qu'il s'agissait bel et bien de Diane, mais la description lui correspond parfaitement.

*

En entendant le message vocal que sa fille lui a laissé, Mildred a un très mauvais pressentiment mais, malheureusement, elle est habituée de se faire du mauvais sang pour Diane. La maladie mentale, la perte de la garde de ses enfants, le divorce, l'alcoolisme, les délits criminels, Mildred a tout vu et sait très bien ce dont sa fille est capable. Elle prévient néanmoins la police.

Le 10 avril 1998, Diane Louise Augat est officiellement portée disparue.

Le détective principal assigné à l'affaire est Jeffery Bousquet, du comté de Pasco. La première chose qu'il fait est d'écouter le message vocal à plusieurs reprises.

Aidez-moi ! Aidez-moi ! Laissez-moi sortir d'ici !

Bousquet émet deux hypothèses. D'abord, il y a probablement une autre personne avec Diane. Celle-ci semble vouloir lui enlever le téléphone, interrompre l'appel. Diane serait-elle captive quelque part ? Deuxième hypothèse : Diane semble connaître son bourreau. Lorsqu'elle lance : « Hé, donne-moi ça ! », elle ne semble pas effrayée. Une personne apeurée et soumise ne donnerait pas d'ordre comme Diane le fait. Est-il possible qu'elle soit plongée dans un épisode maniaco-dépressif, un épisode de paranoïa, peut-être ? Dans de vieux articles de journaux datant de 1998, on apprend que ce n'était pas la première fois que Diane disparaissait. Elle avait déjà disparu quelques années plus tôt, mais on l'avait retrouvée deux jours plus tard. J'ai tenté d'en apprendre plus sur cette disparition. Avait-elle été officiellement portée disparue cette fois-là ? L'a-t-on cherchée ? À quel endroit a-t-elle été retrouvée et dans quel état ? C'est extrêmement frustrant de ne pas avoir accès à ces informations qui sont, selon moi, très importantes pour l'avancement de l'enquête. Après 20 ans, le public a le droit de connaître ces détails cruciaux.

Une découverte macabre

Le détective Bousquet fait le tour des restaurants et des motels du coin afin de trouver une piste le menant à Diane Augat. Quelques témoins disent l'avoir aperçue au motel Coral Sands, sur la route US19, entre le 11 et le 14 avril. C'est une piste intéressante et fort probable, puisque d'autres témoins affirment avoir vu Diane sur la route US19.

Le motel en question est un endroit connu des toxicomanes et des camionneurs. Situé sur une artère principale, ses chambres sont normalement louées pour une nuit maximum ou, parfois, pour quelques heures seulement. Le Coral Sands n'est pas des plus prestigieux, mais il est populaire. Malheureusement, il ne possède pas de système de caméras de surveillance, il est donc impossible pour Bousquet de confirmer les dires des témoins.

Une serveuse affirme quant à elle avoir vu Diane au restaurant où elle travaille, le Inn on the Gulf, situé près du motel. Elle l'aurait aperçue en train de manger un sandwich le 14 avril. Parallèlement, avec l'aide d'autres détectives, Jeffery Bousquet tente de localiser d'où provenait l'appel de Diane. C'est une tâche ardue, et il s'est d'ailleurs avéré impossible de localiser l'appel. C'est seulement grâce à l'afficheur que les détectives obtiennent le nom de la personne à qui appartient le téléphone : Starlight. Est-ce le nom d'une personne, d'une entreprise ? Bousquet repère six commerces du quartier portant ce nom. Mais aucun n'a de lien avec la disparition de Diane.

Le même jour, vers 16 h, une femme marche sur la route US19 lorsqu'elle aperçoit un objet au loin, égaré au milieu de la chaussée. Comme elle se rend au travail, elle ne peut pas s'arrêter longtemps afin de bien analyser l'objet en question. Ça ressemble à un doigt… dont l'ongle est peint en rouge corail. Le soir, en arrivant à la maison, elle raconte tout à son petit ami. Le lendemain, celui-ci emprunte également la route US19 pour se rendre à son travail. Il aperçoit la même chose : un bout de doigt égaré sur la route, comme une mauvaise blague… En s'approchant, il constate qu'il ne s'agit pas d'un simple canular qu'on achète dans les magasins de farces et attrapes, mais bien d'un vrai doigt ! Sachant qu'une femme est portée disparue dans la région, le couple avertit immédiatement la police de sa découverte. Le détective Bousquet récolte l'objet pour l'analyser.

L'empreinte digitale du doigt retrouvé correspond parfaitement à l'une de celles de Diane Augat, qu'on avait recueillies quelques années plus tôt lorsqu'elle avait été arrêtée.

C'est le majeur de la main droite de Diane.

Plusieurs théories intéressantes surgissent à la suite de cette découverte. Les policiers croient que Diane aurait pu perdre ce bout de doigt par accident, en refermant la porte d'une voiture. Cette idée me paraît plutôt farfelue. Se coincer le doigt dans une portière de voiture est douloureux, certes, ça peut provoquer une fracture, voire une cassure, mais le couper complètement ? Ça me semble assez saugrenu ! Le détective voulait-il rassurer Mildred en émettant cette théorie ? Pour ma part, je crois plutôt que quelqu'un lui a coupé ce doigt pour se venger. Était-ce celui qu'elle avait utilisé pour composer le numéro de téléphone de sa mère ? *Tu as fait un appel alors que je t'avais ordonné de ne pas contacter qui que ce soit ? Tu vas subir les conséquences de ton geste !* Si Diane a rencontré de mauvaises personnes, il est très possible que ces gens aient pu commettre un acte de la sorte. De plus, en découpant l'outil d'identification numéro un de Diane, soit son empreinte digitale, on voulait transmettre un message : Diane est en danger et il est déjà trop tard pour elle. Elle est même probablement déjà morte. Sa mère, elle, a seulement une question en tête : « Est-ce que quelqu'un l'a découpée en morceaux ? »

Jeff Bousquet s'implique beaucoup dans cette affaire, il est déterminé à retrouver cette femme, coûte que coûte. Peut-être qu'en accumulant tous les morceaux du casse-tête, il pourra la sauver. Durant ses recherches intensives, il est appelé d'urgence par des collègues de travail, car quelqu'un vient d'entrer par effraction dans l'appartement de Diane, à Odessa. Mais en se rendant sur place, il constate que, étrangement, rien ne semble avoir été volé. Des gens du coin lui précisent que Diane avait l'habitude de prêter son appartement à des jeunes du quartier pour qu'ils puissent y faire la fête. Elle aimait entretenir des relations amicales avec des gens qui, comme elle, savaient s'amuser. Après quelques interrogatoires sans résultat, Bousquet juge que le cambriolage à Odessa n'a pas de lien avec la disparition de Diane.

Une mystérieuse apparition

Le 18 avril, Patricia Sblendorio, propriétaire de l'épicerie Totally Convenience Store, que Diane fréquentait souvent, aperçoit un sac en plastique dans l'un des frigos du magasin. En s'approchant davantage, elle constate que le sac en plastique contient une pile de vêtements. Propres et bien pliés, ils semblent attendre bien sagement le retour de leur propriétaire.

Le détective Bousquet contacte immédiatement Deborah afin qu'elle jette un coup d'œil aux vêtements pour confirmer s'ils appartiennent à Diane. Bien sûr qu'elle reconnaît ces vêtements ! C'étaient les siens ! Elle les a prêtés à sa sœur pendant qu'elle séjournait chez elle. Pourquoi les a-t-on trouvés dans un congélateur ? Qui les a mis là ? La personne qui a laissé ce sac de vêtements au magasin connaissait probablement assez Diane pour savoir que cet endroit était important dans sa vie de tous les jours. Portait-elle ces vêtements lorsqu'elle a quitté le domicile le 10 avril ? S'agit-il d'une mauvaise blague, ou bien est-ce Diane elle-même qui a placé ces vêtements à cet endroit ? Toutes ces questions restent sans réponse et, malheureusement, la découverte de ce sac est le dernier moment où Deborah s'est sentie proche de Diane puisque, par la suite, aucun autre indice n'est apparu concernant la disparition de sa sœur. L'enquête est tombée à plat… du moins, c'est ce que l'on a cru pendant un moment.

À MES YEUX…

Cette partie de l'enquête comporte des zones d'ombre, car les informations disponibles divergent. Dans un article, il est mentionné que Diane travaillait au Totally Convenience Store. Pourtant, sur d'autres forums, on raconte que Diane était plutôt une cliente régulière du lieu. Cette information est très importante et pourrait nous en dire plus sur l'état mental de Diane. S'il est vrai que Diane travaillait au Totally Convenience Store, on peut penser qu'elle était capable de garder un emploi stable et de fonctionner en société. Cela dit, j'en doute fortement, puisqu'on sait qu'elle a été internée en hôpital psychiatrique à plus de 30 reprises. Si Diane était une simple cliente, cela permettrait plutôt de trancher en faveur de cette seconde hypothèse. Plusieurs questions restent sans réponse. Encore une fois, je m'interroge : pourquoi autant de contradictions pour une information aussi basique ? Quel était l'emploi de Diane ? Je ne peux m'empêcher de penser que si celle-ci était avocate ou médecin, ce serait mentionné à la une des journaux : UNE AVOCATE DISPARAÎT. Dans ce cas-ci, on ne peut même pas savoir si Diane avait un travail ou non.

Les hauts et les bas d'une enquête irrésolue

Les disparitions sont difficiles pour les proches des victimes qui, hélas, n'ont pas beaucoup de pouvoir d'action et de décision. Pendant plusieurs jours, des hélicoptères survolent les villes d'Hudson et d'Odessa, mais jamais ils ne retrouvent un indice digne de ce nom. Les enquêteurs ont quelques suspects en tête, mais rien de tangible. Frederic, l'ex-mari de Diane, se trouve un moment dans la mire des policiers, mais il s'avère vite inutile de le questionner davantage : il a un alibi en béton. Ils interrogent aussi le propriétaire du motel Coral Sands, un dénommé Gary Robert Evers, un homme de 52 ans qui a toujours géré le motel avec sa conjointe, Rose Kasper. Pour Jeff Bousquet, le couple est louche : Evers et Kasper semblent faire des affaires illégales, en plus de gérer le motel. Or, ça ne fait pas d'eux des criminels capables de couper le majeur d'une femme innocente.

Mildred a toujours été certaine que sa fille a rencontré une mauvaise personne qui a profité de son innocence pour lui faire du mal. Elle pense que le doigt qui a été retrouvé était un signe, une menace. *Nous avons Diane, sachez-le.* Pour Mildred, c'est une preuve qui témoigne du danger qui guettait sa fille. Dans les articles de journaux, elle dit à plusieurs reprises qu'elle s'en est toujours voulu de ne pas avoir gardé Diane chez elle, de ne pas en avoir pris soin elle-même.

*

Deux ans après la disparition de Diane, l'enquête reprend brusquement quand, le 24 novembre 2000, la journaliste Tamara Lush écrit un article dans le *Tampa Bay Times* qui porte sur la disparition de Diane Augat. Elle décide de consacrer une page entière à cette affaire afin de raviver l'enquête qui, malheureusement, a perdu l'intérêt du public et des policiers. Parfois, un simple article de journal, une affiche, un documentaire peuvent aider des témoins à se souvenir de détails qui, pour certains, peuvent paraître insignifiants mais qui, pour les policiers, peuvent être primordiaux pour l'avancement des recherches. Dans chaque histoire de disparition, il y a quelqu'un, quelque part, qui sait quelque chose.

Le jour suivant la publication de cet article, la femme du frère de Diane, Terry Wilson, fait une découverte qui laisse tout le monde perplexe.

Terry se rend au supermarché du coin, un Circle K situé sur la route US19, pour y faire quelques courses rapides. Pendant qu'elle attend en file pour payer ses articles, elle repère un sac en plastique sur le comptoir de loterie. Le sac est identifié au marqueur noir ; quelqu'un a dû l'oublier durant ses achats. D'un œil indiscret, Terry lit le nom qui identifie le sac : *Diane.*

En apprenant la découverte de Terry, la famille entière est en état de choc. Le sac Ziploc contient bel et bien les effets personnels de Diane : son rouge à lèvres, son parfum de marque *Taboo* qu'elle portait toujours et, enfin, un tube de dentifrice venant de l'hôpital psychiatrique où elle avait été internée à plusieurs reprises, un tube de marque générique que les infirmières remettent au patient à son arrivée. Pourquoi Terry est-elle tombée sur ce sac ? Pourquoi personne d'autre ne l'avait vu avant ? Est-ce réellement un hasard ?

À MES YEUX...

Je suis obligée de penser que ça ne peut pas être une simple coïncidence. Je ne crois pas que Terry ait quelque chose à voir dans l'affaire ; toutefois, il serait possible que le responsable de la disparition de Diane soit quelqu'un qui la connaisse bien, et qui possédait aussi des informations sur les membres de sa famille, sur ses proches. Savait-il qu'en laissant son sac à cet endroit précis, Terry finirait par tomber dessus ? J'ai de la difficulté à me faire une idée sur cette affaire.

Le Circle K en question est celui où Diane avait été arrêtée quelques mois avant sa disparition. On l'avait amenée au poste pour la questionner, parce que l'employé s'était plaint à la police que Diane avait un comportement étrange, qu'elle errait à l'intérieur du commerce sans rien acheter. Là encore, je me pose tellement de questions sur cette arrestation. Est-ce que Diane fuyait quelqu'un qui représentait une menace pour elle ? Cet « ennemi » était-il réel ou le simple produit de son imagination ? Est-il possible que Diane ait eu l'intention de voler quelques bouteilles d'alcool, mais que l'employé du magasin l'ait dénoncée avant qu'elle passe à l'acte ? Diane, en soi, est un grand mystère irrésolu.

Ce sac retrouvé n'a jamais pu mener le détective Bousquet à Diane. C'était une piste intéressante, certes, mais sans résultat. En 2001, le propriétaire du motel Coral Sands, Evers, a été arrêté pour meurtre au premier degré. Il a tué un homme du nom de Krammers qu'il croyait être le responsable d'un vol à main armée qui avait eu lieu dans son motel quelques jours plus tôt. Un simple règlement de comptes qui a relancé l'enquête mais qui, malheureusement, n'a pas pu la résoudre, puisqu'on n'a jamais pu faire un lien entre le meurtre de Krammers et la disparition de Diane Augat.

Une histoire tombée dans l'oubli... ou presque ?

À l'époque, il y avait une récompense de 3 000 $ offerte à quiconque pourrait donner des informations importantes sur sa disparition. L'offre tient-elle toujours ? Aujourd'hui, quelques podcasts de *True Crime* et des vidéos YouTube ont consacré des épisodes à la disparition de Diane. Quelques forums Reddit parlent d'elle sans vraiment aller en profondeur. Des articles de blogues incluent Diane Augat dans le top 10 de disparitions étranges, mais ce sont toujours les mêmes informations qui sont remâchées d'une version à l'autre.

Même moi, qui ai consacré plus d'une vingtaine d'heures de recherche à cette disparition, je n'ai pu trouver de nouvelles informations qui pourraient relancer l'enquête. Je me suis un peu interrogée sur la pertinence de consacrer un chapitre entier à cette affaire :

Comment, moi, Victoria Charlton, puis-je apporter mon grain de sel ?

Quel est mon apport ? Selon moi, il est de mon devoir de partager ces histoires afin de leur donner de la visibilité. Le voilà, mon apport ! Il ne faut pas oublier ces victimes même si les membres de leur famille semblent les avoir abandonnées. Même si aucune page Facebook ou site Internet n'est consacré aux recherches de Diane Augat, de mon côté, je n'ai qu'une demande à vous faire. La prochaine fois que vous allez vous faire bronzer sous le soleil de la Floride, gardez bien l'œil ouvert si vous passez par les quartiers malfamés du coin. Qui sait, peut-être pourriez-vous y trouver un autre indice qui pourrait relancer l'enquête…

CHAPITRE 7

Johnny Gosch
– Pris dans un réseau pédophile ?

Nous sommes à West Des Moines, dans l'Iowa, une ville traditionnelle et conservatrice du Midwest des États-Unis. C'est un endroit tranquille et familial, où les crimes sont plutôt rares. Comme chaque matin, le jeune Johnny Gosch, 12 ans, se réveille à 5 h 40 pour aller passer le journal dans son quartier. C'est une tâche qu'il aime bien accomplir puisque grâce à l'argent amassé, il peut s'acheter ce qu'il désire sans devoir demander de l'aide à ses parents. L'an passé, il a ainsi pu s'offrir la moto de ses rêves pour s'adonner au moto-cross. C'est en compagnie de son petit teckel Gretchen qu'il part faire sa tournée. Sauf que, cette fois-ci, Johnny Gosch ne reviendra pas.

Nous entrons maintenant dans l'un des cas de disparition les plus médiatisés aux États-Unis. Parlez de

Johnny à n'importe quel Américain : il saura de qui il s'agit. Mieux encore, il aura probablement sa propre théorie sur l'affaire. Lorsque j'ai découvert cette histoire, elle m'a obsédée pendant des semaines. Elle m'empêchait même de dormir la nuit. J'en parlais à tous ceux qui avaient le malheur de croiser mon chemin : « Je dois te raconter une histoire, tu vas être choqué ! »

Je commence donc par une petite mise en garde : attention, vous pourriez vous aussi être entraîné dans une spirale sans fin !

En effet, il est difficile de s'immerger dans cette affaire sans tomber dans les millions de *rabbit holes* qui la parsèment de mystères.

Vous ne connaissez peut-être pas cette expression. Elle est souvent utilisée dans des histoires de disparitions et de meurtres irrésolus, mais j'ai de la difficulté à le traduire en français sans perdre l'essence. Je pourrais vous l'expliquer de cette façon : vous cherchez un nom sur Wikipédia, par exemple, Céline Dion. En lisant sa page, vous décidez de cliquer sur le lien « Concours Eurovision de la chanson 1988 ». Puisque vous n'avez aucune idée du but de ce concours et que vous souhaitez vous informer un peu plus sur le sujet, vous cliquez sur la page Wikipédia du concours. En lisant la page, vous vous intéressez à la ville de Dublin, qui y est mentionnée. Vous souhaitez ensuite en savoir plus sur la cuisine locale de l'Irlande, donc vous cliquez sur le lien correspondant, et ainsi de suite.

C'est un peu ce qui m'est arrivé avec l'affaire Johnny Gosch. Il y a tellement de théories du complot, de scandales et d'hypothèses liés à sa disparition que ça peut prendre des semaines, voire des mois de recherche afin de bien comprendre la complexité de cette histoire. Je ne souhaite pas que mon livre prenne une tournure conspirationniste, cependant il me sera impossible d'entrer dans le vif du sujet sans vous exposer les différentes théories et hypothèses autour de cette célèbre disparition. Celles-ci vont parfois très loin. Ainsi, la rumeur publique prétend que des gens importants de la politique américaine seraient impliqués dans l'affaire. Certains vont même jusqu'à dire que Johnny Gosch serait encore vivant aujourd'hui, et qu'il travaillerait actuellement à la Maison-Blanche !

Mais n'allons pas trop vite. Il faut commencer par le début. Après coup, ce sera à vous de vous faire votre propre opinion sur le sujet. Alors, vous êtes prêt ? Allons-y !

Le matin fatidique

Le matin du 5 septembre 1982, un dimanche, le jeune Johnny quitte seul la maison pour faire sa tournée de distribution de journaux. C'est inhabituel ; son père, John, avait pris l'habitude de l'accompagner. Mais ce jour-là, Johnny décide de laisser son père faire la grasse matinée.

À MES YEUX...

Fait étrange, dans beaucoup d'histoires auxquelles je me suis intéressée, la disparition a toujours précisément lieu le jour où l'enfant décide de marcher seul pour l'école. À la faveur d'un changement dans la routine. C'est arrivé par exemple à Jaycee Lee Dugard, 11 ans, que sa mère accompagnait chaque jour à l'école et qui s'est fait enlever sur le chemin vers son arrêt de bus le seul jour où sa mère avait un empêchement. Ou à Natascha Kampusch, 10 ans, qui devait marcher quelques kilomètres pour se rendre à l'école. La plupart du temps, sa mère l'y amenait en auto. Or, le matin fatidique, s'étant disputée avec sa mère, Natascha a décidé de partir seule et a monté de force dans une camionnette blanche. Ou encore à Etan Patz, 6 ans, qui devait marcher quelques pâtés de maisons pour aller prendre l'autobus scolaire. Sur leur patio, les parents d'Etan l'ont regardé marcher jusqu'à ce qu'il tourne le coin de la rue pour rejoindre son arrêt d'autobus. Où il ne s'est jamais rendu. Parfois, la vie nous joue de bien mauvais tours.

Dans le quartier où Johnny habite, il y a plusieurs camelots de son âge qui travaillent en même temps que lui. Les rues sont donc toujours pleines d'enfants, même à 5 h du matin. C'est pourquoi, une fois de temps en temps, John laisse son fils partir seul sans trop s'inquiéter. Chaque jour ressemble au précédent :

le garçon se présente avant le lever du soleil au centre de distribution, où on lui remet tous les journaux qu'il doit répartir. D'une main, il traîne son chariot rouge en bois identifié à son nom et de l'autre, il tient la laisse de son petit chien. Les personnes qui l'ont vu ce matin-là ont affirmé que Johnny semblait bien aller, comme à l'habitude. En fait, c'est une belle journée qui s'annonce pour lui : il a prévu de la passer au lac avec sa famille et il a le droit d'inviter un ami. Il veut donc terminer son travail le plus rapidement possible pour partir tôt et bien profiter de ces instants.

Vers 6 h 30, John et Noreen, les parents de Johnny, se font réveiller par des voisins du quartier qui appellent pour se plaindre. Ils n'ont pas reçu leur journal du dimanche. Étonnés, John et Noreen vont vérifier dans la chambre de leur fils pour s'assurer qu'il s'est bien réveillé. Le lit est vide. De nature très ponctuelle et responsable, Johnny ne prend jamais de retard dans sa tournée. Ses parents comprennent tout de suite que quelque chose cloche. John fait le tour du quartier.

En marchant dans les rues, il aperçoit le chariot rouge de Johnny abandonné sur le trottoir, encore rempli de journaux non distribués.

John décide de répartir les journaux lui-même en espérant croiser son fils sur le chemin. Peut-être que Johnny a pris du retard à cause d'un incident quelconque ? Peut-être qu'il s'est disputé avec un voisin ? Peut-être qu'une voiture l'a renversé ? Une dizaine de scénarios se bousculent dans sa tête. Quand il termine la tournée de journaux, il rentre à la maison. C'est lorsqu'il entend sa chienne Gretchen gratter à la porte qu'il s'imagine le pire. Où est Johnny ?

Un début d'enquête raté

À ce moment, les parents de Johnny appellent la police pour les aviser de la disparition de leur fils de 12 ans. Les policiers mettent 45 minutes pour arriver sur les lieux, alors que le poste de police n'est situé qu'à quelques pâtés de maisons. Il est clair qu'ils n'ont pas fait de Johnny Gosch leur priorité numéro un, sinon ils seraient arrivés en cinq minutes. Pendant ce temps, Noreen mène déjà sa propre enquête. Elle interroge quelques voisins qui ont aperçu le jeune ce matin-là. Plusieurs d'entre eux lui racontent avoir vu Johnny en train de parler à un homme dans sa voiture. L'un des voisins a entendu une porte de voiture se fermer très fort, puis Johnny s'est volatilisé.

Lorsque les policiers de West Des Moines arrivent enfin sur place, ils demandent tout de suite à Noreen si c'est la première fois que Johnny fait une fugue. Noreen est choquée de la question. Johnny n'a pas fugué ! Il s'est fait enlever ! Elle connaît bien son fils, elle sait que jamais il n'aurait quitté la maison sans l'avertir. Qui plus est, un garçon de 12 ans qui veut s'enfuir n'emporte pas son chien avec lui pour ensuite l'abandonner dans la rue ! Johnny était excité à la perspective de passer la journée au lac avec son ami, il n'avait aucune raison de fuguer. Cependant, les déclarations de Noreen ne satisfont pas les policiers, qui sont convaincus de la fugue du garçon. « Si Johnny s'est fait enlever, il y aurait forcément une demande de rançon », supposent-ils. Le département de police de West Des Moines prend donc la décision d'attendre 72 heures avant d'entamer les recherches pour le jeune Johnny. Ce choix sera la première erreur d'une longue liste de mauvaises décisions de la part des policiers au cours de l'enquête.

JOHNNY GOSCH : UN AVANT ET UN APRÈS ?

En 2019, il est difficile de s'imaginer que des policiers puissent attendre trois jours avant de commencer les recherches pour un enfant disparu. Trois jours, c'est énorme ! Surtout quand on sait à quel point les premières heures sont cruciales pour retrouver l'enfant encore vivant. Avec toutes les histoires de disparitions et de meurtres d'enfants que l'on voit passer dans les nouvelles, il semble impensable que les forces de l'ordre aient une telle réaction. De nos jours, lorsqu'il y a une disparition d'enfant, les policiers commencent les recherches immédiatement. Toutefois, il ne faut pas oublier que les choses étaient différentes en 1982. Les enfants avaient plus de liberté qu'aujourd'hui. Ils jouaient dehors jusqu'au coucher du soleil, partaient en groupes d'amis pour la journée et revenaient pour l'heure du dîner quand leurs parents criaient leurs noms. Les enfants n'avaient pas de téléphones cellulaires pour avertir leurs parents de leurs déplacements. Pour les policiers, il était normal qu'un parent cherche son enfant pendant une heure ou deux. Ça ne voulait pas dire qu'il s'était fait kidnapper, seulement qu'il avait capturé une grenouille intéressante ou que la chaîne de son vélo s'était décrochée. Ainsi, sans cautionner la passivité des policiers dans cette affaire, on peut néanmoins la comprendre. L'affaire Johnny Gosch est arrivée un peu avant la vague « *Stranger Danger* » des années 1980-1990. Avant ça, certains parents semblaient ignorer le danger des enlèvements d'enfants. Les histoires de kidnapping ont toujours existé, certes, mais elles étaient moins fréquentes et, surtout, moins médiatisées. Certaines disparitions, comme celles d'Adam Walsh en 1981 et d'Etan Patz en 1979 ont marqué les esprits et contribué à conscientiser certains parents sur le sujet, mais jusqu'à la fin des années 1970, il était rare qu'on entende parler d'enlèvements d'enfants avec autant d'impact. Après la médiatisation de l'histoire de Johnny Gosch, les parents sont devenus plus attentifs aux différents signaux. Des conférences ont été données dans les écoles et des publicités gouvernementales ont mis en garde les parents contre le « *Stranger Danger* ». Ils étaient désormais prévenus : des prédateurs sexuels rôdent dans les rues, il faut s'en méfier ! C'est à partir de ce moment que les parents sont devenus presque paranoïaques et surprotecteurs avec leurs enfants. Certains allaient même jusqu'à se dénicher des assurances contre le kidnapping d'enfants. Ils se présentaient en grand nombre dans les stations de police et attendaient en file pendant des heures pour faire enregistrer les empreintes digitales de leurs enfants. John et Noreen Gosch ont beaucoup contribué au mouvement, en visitant diverses églises et écoles de l'Iowa afin de conscientiser les autres parents sur les dangers qui nous entourent.

Au cours de l'enquête sur la disparition du petit Johnny, plusieurs hypothèses ont été émises, dont celle que le garçon aurait enlevé par un pédophile. John et Noreen ignoraient alors la signification de ce mot. « Un pédophile ? Qu'est-ce que ça veut dire ? » Avant les années 1980, on ne pouvait s'imaginer que de telles choses existaient. Les mots « pédophilie » et « trafic humain » ne faisaient simplement pas partie du vocabulaire courant. Aujourd'hui, ces mots sont devenus le pire cauchemar de tous les parents. C'est un peu grâce à des cas comme celui de Johnny Gosch qu'aujourd'hui nous sommes plus méfiants, et surtout, plus avertis !

Dans la plupart des histoires de disparitions, le problème, c'est l'absence de témoins crédibles. Or, dans cette affaire, des témoins clés, il n'y en a pas moins de cinq ! Tous auraient dû, selon moi, porter les policiers à croire à l'hypothèse de l'enlèvement. C'est aussi ce qui rend ce cas si intrigant : plusieurs personnes étaient présentes sur les lieux au moment de la disparition, ce qui est très rare. Pourtant, le mystère entourant ce dimanche matin reste entier. Faisons le tour de ces gens qui ont apporté des témoignages cruciaux sur cette affaire.

Une voisine : quelques semaines avant l'enlèvement, une femme a affirmé avoir vu le jeune Johnny se faire photographier par un homme caché dans sa voiture. La femme a divulgué ces informations à la police, ayant même pris soin de noter les numéros de la plaque d'immatriculation et le modèle de la voiture. Malheureusement, les policiers de West Des Moines ont rétorqué que ce n'était pas illégal de prendre des photos et qu'ils ne pouvaient rien faire.

Les informations du véhicule fournies par la femme ont été perdues parmi les dossiers de la police.

Johnny Gosch s'est fait kidnapper deux semaines après.

John Rossi : il s'agit du seul adulte présent sur les lieux juste avant l'enlèvement. Johnny Gosch était alors sur la 42e rue en train de distribuer ses journaux, ainsi que deux ou trois autres garçons qui faisaient leur propre tournée. Rossi a déclaré avoir aperçu une voiture qui s'est arrêtée à côté de Johnny pour lui demander des indications routières, une Ford Fairmont de couleur bleu et gris, avec une plaque du Nebraska. Le garçon s'est retourné vers John pour lui demander d'aider l'homme. Immédiatement, quand il a vu qu'un adulte s'approchait de lui, le conducteur de la Fairmont a rapidement quitté les lieux en faisant un virage illégal dans la rue. Était-il effrayé qu'on découvre son identité ? Le même matin, plusieurs autres camelots avaient aussi aperçu cet homme demandant des indications aux jeunes garçons. Ils l'ont décrit comme étant d'origine hispanique, assez trapu et coiffé d'une casquette de baseball. John Rossi dit que l'homme avait l'air furieux, et « pas endormi ». Qu'est-ce qu'il voulait dire par là ? J'ai tout de suite pensé que l'homme pouvait être sous l'influence d'une drogue quelconque pour le tenir éveillé. De la cocaïne, peut-être ? Ce matin-là, Johnny aurait même affirmé à l'un de ses camarades que cet homme était bizarre et qu'il en avait peur. Pressentait-il que quelque chose de terrible allait arriver ?

Mike Seskis et P. J. Smith : un autre témoin nommé Mike Seskis s'est prononcé sur les événements du

5 septembre. Habitant lui aussi sur la 42e rue, il était en train de ramasser son journal quand il a vu un homme de grande taille caché entre deux maisons. L'homme étrange a traversé la rue en marchant d'un pas rapide et a commencé à suivre Johnny de très près. Deux camelots peuvent aussi le confirmer, puisqu'ils ont salué Johnny pendant qu'il marchait dans cette rue. Quelques secondes plus tard, un autre voisin, P. J. Smith, a entendu une porte d'auto se fermer très fort et une voiture partir très vite, faisant crisser ses pneus sur l'asphalte. Et c'était tout, Johnny avait disparu en quelques secondes, laissant derrière lui cinq témoins qui ont pu voir la scène en entier. Un portrait-robot a été créé afin de retrouver l'homme de la voiture. L'autre homme n'a pas été vu assez longtemps pour qu'on puisse le dessiner. Grâce aux témoignages des voisins, on pourrait penser à un réseau organisé de kidnappeurs d'enfants.

Les recherches pour retrouver Johnny sont longues à débuter. Malgré les nombreux témoins présents lors de la disparition, les policiers pensent encore à l'hypothèse de la fugue. Entre-temps, des médiums appellent les parents de Johnny pour les diriger à plusieurs endroits différents. Certains disent que Johnny est prisonnier, gardé en captivité par des bourreaux. D'autres disent qu'il est déjà mort et qu'on l'a jeté dans des endroits lugubres comme des étangs et des fossés. Toutes les pistes ont été fouillées par John Gosch et Noreen, mais malheureusement ces appels n'ont mené à rien.

La mobilisation se met en place

La ville entière de West Des Moines aide aux recherches du jeune Johnny. Des volontaires ont les pieds trempés jusqu'aux genoux dans les rivières du coin, grimpent dans les arbres et inspectent les fossés. Sous le soleil brûlant du Midwest, des bénévoles passent ainsi leurs journées à chercher Johnny Gosch jusqu'à épuisement. Pendant ce temps-là, les policiers, eux, ne font strictement rien pour faire avancer les choses. À un moment, John Gosch, qui n'a pas dormi pendant des jours, va même se disputer avec des policiers qui, sur le bord de l'autoroute, contrôlent les excès de vitesse. « Vous faites quoi, là ? C'est ça, votre priorité ? Venez nous aider à retrouver notre fils plutôt que de donner des contraventions ! » Dans l'excellent documentaire sur le sujet *Who took Johnny*, qui date de 2014, Noreen relate les actions des policiers durant les quelques jours suivant l'enlèvement de son fils. À un moment, elle a demandé au chef de police Orval Cooney si le FBI allait bientôt s'impliquer dans l'affaire. Celui-ci lui a répondu froidement : « Nous n'avons pas besoin du FBI, parce qu'il n'y a pas de crime qui a été commis ». Cette phrase a complètement sidéré Noreen. Et je dois dire que moi aussi, dans cette histoire, je suis abasourdie par le travail des policiers. Si les personnes en charge de retrouver ton enfant ne croient même pas qu'il y ait lieu de le faire, alors qui le ramènera à la maison ?

Un autre exemple sidérant : six mois après la disparition de Johnny, une femme de l'Oklahoma sort d'un magasin lorsque, dans le stationnement, un jeune garçon châtain se met à courir vers elle en criant : « Je suis Johnny Gosch ! J'ai été kidnappé ! » Avant qu'elle puisse faire quoi que ce soit, deux hommes attrapent le garçon et l'engouffrent de force dans une voiture. La femme appelle la police, qui a fait le tour de la région, mais le garçon en question n'a jamais été retrouvé.

Après tous ces témoignages, comment est-ce possible que les policiers aient cru si longtemps à l'hypothèse de la fugue et qu'ils n'aient pas pris au sérieux la thèse de l'enlèvement ?

La relation entre les Gosch et les policiers de West Des Moines est extrêmement tendue, avec raison. Au cours de l'enquête, quand le FBI a finalement décidé de s'impliquer, quelques agents ont même traité les parents de Johnny Gosch de « fous furieux » à cause de tous les efforts qu'ils déployaient pour retrouver leur fils. Le chef Orval Cooney déclare dans les médias : « Je n'en ai rien à faire de ce que Noreen Gosch a à dire. Je me fous vraiment de ce qu'elle pense. Je suis écœuré d'elle. » (À noter qu'en 1983, cette horrible personne est finalement forcée de démissionner de son poste de chef de police de West Des Moines pour des raisons de non-professionnalisme au travail. Il est accusé de faire du profilage racial, d'annuler des contraventions pour ses proches et de consommer de l'alcool sur ses heures de travail. Dix-huit policiers ont déposé plainte contre lui durant ses 15 ans de carrière.)

De leur côté, John et Noreen font tout en leur pouvoir pour faire connaître l'histoire de leur fils au plus grand nombre. Ils sont partout : à la télévision, dans les journaux, à la radio. Les gens commencent même à se fatiguer de voir la pauvre Noreen Gosch passer sur chaque chaîne de télévision. Mais que peut-elle faire d'autre ? Si personne ne donne de l'importance à l'enlèvement de son fils, elle doit continuer à se battre seule. Et ce n'est pas chose facile : certains essayent de lui mettre des bâtons dans les roues. Durant l'enquête, Noreen fait face à plusieurs menaces de mort anonymes qu'elle doit rapporter au FBI. Un détective privé lui promet de retrouver son fils et l'arnaque de plus de 10 000 $. C'est regrettable que des gens puissent s'en prendre de la sorte à une mère désespérée qui ne fait que chercher des réponses à ses questions. À un moment, Noreen était tellement fâchée contre un agent du FBI qu'elle lui a balancé son café au visage. Jusqu'à aujourd'hui, la mère de Johnny reste un personnage controversé et chacun a son opinion sur elle. Pour ma part, je trouve que Noreen Gosch est admirable. C'est une femme extrêmement courageuse qui n'a jamais baissé les bras devant les nombreux obstacles s'opposant à ses démarches pour retrouver son fils. Et vous verrez qu'à maintes reprises, elle aurait pu décider de tout abandonner.

Des kidnappings en série

Le dimanche 12 août 1984, deux ans après la disparition de Johnny Gosch, un autre garçon de Des

Moines disparaît. Eugene Martin, 13 ans, fait lui aussi la distribution des journaux au moment où il se volatilise. Il est 5 h 45 du matin quand des témoins voient l'adolescent en train de parler à un homme dans la trentaine. Quelques minutes plus tard, son sac rempli de journaux est retrouvé abandonné sur le bord du trottoir. Quand la police est avisée de cette disparition, les enquêteurs répliquent qu'ils ne peuvent rien faire avant 48 heures. N'ont-ils donc rien appris de la disparition de Johnny ? Pour beaucoup, il est évident qu'Eugene a très probablement été enlevé par les mêmes personnes que Johnny Gosch.

Il semble en effet difficile de ne pas voir de similarités entre les deux disparitions. Mais pas pour les enquêteurs.

Des avis de disparition d'Eugène et de Johnny sont publiés sur des cartons de lait dans l'espoir de recueillir des informations de témoins potentiels, mais sans succès. Puis, le 29 mars 1986, le jeune Marc Allen, 13 ans, disparaît à son tour alors qu'il se rendait à pied chez un ami qui habite au bas de sa rue, à quelques mètres de distance. Ce n'est que le lendemain matin, voyant que son fils n'est toujours pas rentré à la maison, que sa mère décide d'appeler la police. La pauvre femme se fait dire, elle aussi, qu'on ne peut rien faire durant les premières 48 heures. Dans cette histoire, beaucoup moins médiatisée que celle des Gosch, il semble n'y avoir aucun indice, ni aucun témoin qui aurait assisté à l'enlèvement.

Entre 1986 et 1989, il y aurait eu pas moins de cinq tentatives de kidnapping à Des Moines. Le 10 juillet 1986, Jim Pollack, 15 ans, distribue – encore ! – les journaux dans le quartier de West Des Moines quand un homme habillé en poncho l'attrape par le bras pour essayer de l'enlever. Heureusement, Jim réussit à s'enfuir et à semer l'homme. Dans sa déclaration aux policiers, l'adolescent affirme que, deux semaines auparavant, le même homme avait tenté de le kidnapper. Jim Pollack habite sur la 45e rue, à quelques pâtés de maisons de l'endroit où Johnny s'est fait enlever. En septembre 1988, un camelot d'Indionala, la ville voisine de Des Moines, dit s'être fait pourchasser par un homme qui conduisait une camionnette blanche. Le 1er novembre 1988, vers 5 h du matin, Mike Flackler, âgé de 10 ans, distribue des journaux dans son quartier quand un homme costaud conduisant une camionnette blanche essaye également de l'enlever. Heureusement, Mike a le temps de se réfugier chez un voisin qui appelle immédiatement la police. Le 15 juillet 1989, un autre camelot de Des Moines se fait suivre par un homme dans la quarantaine aux cheveux poivre et sel. L'homme conduit une camionnette blanche et menace de poignarder le garçon s'il ne monte pas dans sa voiture. Il essaye même de l'attraper par le collet, mais le camelot réussit à s'enfuir juste à temps. Enfin, le 14 juillet 1989, vers 6 h du matin, la jeune Mélissa, 11 ans, est elle aussi en pleine tournée de journaux dans son quartier de Des Moines quand elle se fait approcher par un homme dans une voiture bleue. L'homme lui ordonne de monter dans sa voiture.

Effrayée, Mélissa réussit à s'enfuir pour aller avertir son père.

À MES YEUX...

Est-ce que tous ces incidents pourraient être liés à l'affaire Johnny Gosch ? C'est très probable. Toutefois, je ne peux m'empêcher de penser que Johnny Gosch et les deux autres disparus semblent avoir été enlevés par des professionnels, des gens probablement payés pour ces kidnappings. Tout laisse croire à un réseau organisé. J'ai l'impression que ceux qui ont tenté d'enlever les autres jeunes n'étaient pas aussi doués. S'il s'agissait des mêmes professionnels, ils auraient probablement réussi leur coup, non ? Est-ce qu'en plus d'un réseau organisé, il y aurait eu un prédateur sexuel dans le coin de Des Moines ? Ou bien, au contraire, serait-il possible qu'il n'y ait pas eu de réseau organisé, que tous ces enlèvements et tentatives d'enlèvements aient été effectués par une seule et même personne ? Certes, le matin du 5 septembre, les témoins ont parlé de deux hommes lors de l'enlèvement de Johnny. Mais, on le sait, la crédibilité des témoins, dans ce genre de cas, peut être remise en cause pour différentes raisons : l'influence des médias, l'état mental de la personne, de faux souvenirs implantés par les interrogatoires des policiers, etc. En fait, sans photo ni vidéo de caméra de surveillance, il est difficile de croire aveuglément aux témoignages des voisins.

Qu'est-il donc arrivé aux trois disparus de Des Moines ? Surtout, aurait-on pu les retrouver si les recherches avaient été lancées plus tôt ? Dans les années 1980, des options comme l'alerte Amber ou le partage d'avis de disparition sur les réseaux sociaux n'existaient pas. Il était donc très difficile de toucher un maximum de personnes lors des disparitions. Les photos publiées sur les cartons de lait peuvent aider la cause, certes, mais nous savons aujourd'hui qu'en quelques heures seulement, un enfant qui se fait kidnapper peut être vendu dans un réseau de trafic humain et envoyé à l'autre bout du monde. Dans le podcast *Faded Out* portant sur l'affaire Johnny Gosch, un homme interviewé par l'animatrice raconte que lors d'une enquête journalistique sur la prostitution juvénile en Thaïlande, un garçon mineur s'est approché de lui pour lui offrir ses services sexuels dans un anglais parfait. Le journaliste a été très surpris, puisque les enfants forcés d'offrir leurs services sexuels aux touristes sont généralement thaïlandais. Or, celui-ci n'avait pas d'accent cassé comme le reste des enfants de la rue. Lorsqu'il lui a demandé d'où il venait, le garçon a affirmé venir du Wisconsin et avoir été vendu dans un réseau de prostitution juvénile. J'ai beaucoup cherché sur Internet pour connaître la fin de cette anecdote, mais, malheureusement, je n'ai rien trouvé. Mais ça m'amène à me poser la question : est-ce que Johnny et les autres disparus auraient vécu le même sort ?

L'autre hypothèse reste celle du prédateur sexuel. Il est fort probable que dans les années 1980, un prédateur de ce genre ait sévi dans le coin de Des Moines, s'en prenant à des garçons préadolescents du quartier. On a même supposé que, peut-être, cet homme avait des contacts avec l'employeur des camelots de West Des Moines. Fait étrange, Noreen Gosch, elle, ne fait jamais mention de cette théorie.

De rebondissement en rebondissement : une disparition aux multiples ramifications

En 1985, un rebondissement dans l'affaire vient raviver l'enquête. L'employée d'un supermarché de Sioux City, en Iowa, appelle la police pour faire part d'une mystérieuse découverte : un client vient de la payer avec un billet de 1 $ où on peut lire : « Je suis encore vivant ». Et c'est signé… Johnny Gosch ! Cette fois, les enquêteurs prennent cette déclaration très au sérieux. Des professionnels comparent l'écriture du billet à celle de l'adolescent et, en effet, elles correspondent. Par contre, personne ne sait pendant combien de temps ce billet a circulé avant que quelqu'un ne repère l'inscription. Évidemment, il est aussi possible que ce billet ne soit qu'un canular. Mais quelqu'un aurait-il vraiment pris le temps de faire cette mauvaise blague ? J'en doute fortement.

Noreen et John sont encouragés par cette nouvelle. Leur fils est donc encore vivant ? Alors, où est-il ?

En 1991, neuf ans après la disparition de Johnny, c'est carrément une bombe qui tombe sur l'enquête.

Un homme du nom de Paul A. Bonacci, en prison depuis 1989 pour agression sexuelle sur un enfant, fait une révélation choc. L'homme de 21 ans, d'apparence frêle et à la voix douce, avoue avoir été complice dans l'enlèvement de Johnny Gosch. Quand John et Noreen ont vent de cette déclaration, ils cherchent tout de suite à rencontrer Paul pour entendre de vive voix ce qu'il a fait à leur fils. La rencontre entre Noreen et Paul A. Bonacci est filmée en entier. Plus tard, un extrait a été diffusé dans le documentaire *Who took Johnny.*

Mais attention, avant de vous transmettre ses déclarations, il est important que je vous parle de la controverse qui entoure Paul A. Bonacci : le scandale Franklin. Il est en effet l'un de ceux ayant affirmé qu'un détournement de fonds gouvernementaux avait eu lieu pour alimenter un réseau pédophile, dans lequel des personnes haut placées seraient impliquées – dont Lawrence E. King, le directeur de la coopérative de crédit Franklin. Ces accusations mènent à un procès, en 1990, qui reconnaît le détournement de fonds mais balaye les accusations liées au réseau pédophile. Il faut donc avancer avec précaution dans cette partie de l'histoire. Cependant, il est difficile de ne pas être troublé quand on regarde l'entretien filmé par le détective privé Gary Caradori, l'enquêteur principal du scandale Franklin aux États-Unis, où Paul raconte les abus qu'il a vécus. Voici en quelques mots les déclarations extrêmement choquantes qu'il y fait.

Selon ses dires, Paul a eu une enfance difficile, lui-même victime d'abus sexuels à partir de l'âge de six ans. En 1976, il aurait été violé à plusieurs reprises par un dénommé Walter Carlson, un homme de 30 ans de son quartier. Diverses personnes de son entourage l'auraient ensuite violé à plusieurs reprises, et ce, tout au long de son enfance et de son adolescence. Paul A. Bonacci raconte qu'en 1978, il se serait aussi fait violer par un prêtre catholique de l'église où il allait, le père O'Malley. Bonacci raconte s'être fait agresser sexuellement par le prêtre à sept reprises.

Un peu plus tard, il se serait fait agresser sexuellement par un dénommé Anderson. C'est chez Walter Carlson que Paul A. Bonacci aurait connu Anderson, lors d'une soirée où Carlson aurait invité plusieurs de ses amis. Ensuite, Anderson l'aurait payé pour qu'il trouve d'autres garçons de son âge prêts à accomplir des actes sexuels contre de l'argent. Bonacci aurait accepté l'offre d'Anderson contre son gré. Sa dernière relation sexuelle avec Anderson aurait eu lieu en 1984, mais bien vite, Paul A. Bonacci se serait retrouvé coincé dans un réseau de pédophiles où plusieurs garçons mineurs se faisaient agresser sexuellement par des hommes de pouvoir, dont Larry King et des membres du Parti républicain. Si Paul essayait de s'enfuir ou de dénoncer les pratiques dont il était victime, on menaçait de le tuer. Il aurait donc été victime, depuis très jeune, d'un réseau pédophile très organisé bénéficiant de la protection d'hommes d'influence.

Ces dénonciations sont prises au sérieux puisqu'elles mènent à des poursuites judiciaires. Ainsi, en 1990, lors du procès Franklin, Paul A. Bonacci et une autre présumée victime, Alisha Owen, racontent toutes les atrocités qu'ils ont vécues. Mais le grand jury détermine finalement que leurs accusations ne sont qu'un canular bien orchestré, et Larry King est seulement reconnu coupable de détournements de fonds et de falsification de comptes et condamné à 15 ans de prison. Il est libéré en 2001.

À MES YEUX...

Que penser de toute cette affaire ? D'un côté, les déclarations de Bonacci sont très troublantes et je vous avouerai qu'après avoir vu l'interview où Paul raconte tous les sévices qu'il a vécus, j'ai de la difficulté à ne pas y croire. D'un autre côté, la justice a tranché sur la question et, d'autre part, Paul A. Bonacci a reçu un diagnostic de trouble de la personnalité multiple assez sévère. Mais est-ce suffisant pour discréditer ses affirmations ? Après tout, plusieurs victimes d'abus sexuels développent par la suite des troubles mentaux, dont celui de la personnalité multiple. C'est un mécanisme de défense très connu en psychologie. Si le sujet vous intéresse, plusieurs conspirationnistes ont créé des vidéos YouTube très spectaculaires à ce propos. Pour ma part, je ne me prononcerai pas sur mes croyances à cet égard.

Une fois ce contexte établi, revenons-en à Johnny Gosch. Paul A. Bonacci affirme avoir été forcé de kidnapper Johnny le matin du 5 septembre 1982. Selon ses dires, au moment de l'enlèvement, il était caché sur la banquette arrière du Ford Fairmont. Paul était chargé de bien retenir Johnny et de l'endormir à l'aide d'une guenille imbibée de chloroforme. Pour étayer ses déclarations, Bonacci révèle quelques détails sur le garçon. Par exemple, il est capable de situer l'endroit exact où Johnny s'est fait kidnapper. Alors que dans les médias, on explique que Johnny s'est fait enlever au coin de la 42e rue et de Marcourt, la vérité est que Johnny ne s'est pas fait enlever exactement au coin de la rue, mais à quelques mètres de là. Quand on demande à Bonacci de dessiner une carte de l'endroit où Johnny s'est fait kidnapper, il est l'un des seuls à ne pas se tromper. Bonacci décrit aussi parfaitement la tache de naissance que Johnny a sur la poitrine, une tache de la forme de l'Amérique du Sud ; cela dit, cette information est déjà à l'époque largement divulguée dans les médias. Toutefois, il peut également préciser que Johnny avait une cicatrice sur la langue et une brûlure sur la jambe. Il déclare également que lorsque Johnny était nerveux ou fâché, il avait tendance à bégayer.

Ces informations, personne ne les connaît, sauf les parents de Johnny.

Comment Bonacci aurait-il pu savoir tout ça ? Noreen Gosch est persuadée qu'il dit la vérité. John, lui, reste sceptique.

Le jeune homme donne ensuite des détails sur le sort qu'aurait connu Johnny après son enlèvement.

Il aurait été amené de force dans une maison au Colorado. Là, Bonacci aurait été forcé de violer Johnny. Des photos et des vidéos auraient été prises de ces viols. Johnny aurait été vendu à un homme du nom de Michael Aquino, pour la modique somme de 35 000 $. À la suite de ces déclarations, Bonacci amène son avocat à l'endroit où il dit avoir été gardé en captivité pendant plusieurs mois, dans une maison appartenant à un dénommé Emilio (probablement un pseudonyme). Dans le documentaire *Who took Johnny*, dont j'ai parlé plus haut, il y a plusieurs informations intéressantes que les médias traditionnels de l'époque n'ont pas voulu divulguer. Le documentaire a été produit en 2014, mais il inclut des entrevues faites dans le passé. Un passage de l'émission *America's Most Wanted*, consacrée à Johnny Gosch et diffusée en 1992, est l'un des moments les plus choquants du documentaire. Nous sommes alors deux ans après le procès du Scandale Franklin. Paul A. Bonacci (a-t-il obtenu une permission spéciale pour sortir de prison ? Je ne trouve pas cette information) est filmé amenant les producteurs de l'émission *America's Most Wanted* dans la fameuse maison du Colorado. Car, oui, contre toute attente, cette maison existe bel et bien !

Bonacci, visiblement troublé, guide les caméras jusqu'à la cave où il dit avoir vécu pendant plusieurs mois. Un endroit glauque et insalubre. À l'intérieur, on peut observer des initiales gravées dans des planches de bois. L'une des gravures dit « JG ». Seraient-ce les initiales de Johnny Gosch, qui aurait tenté de laisser sa marque ? Néanmoins, malgré tous ces éléments, les enquêteurs n'ont jamais accordé de crédit aux propos de Bonacci et n'ont même pas souhaité le rencontrer pour un entretien. Ses propos ont été uniquement rapportés durant le procès et, par la suite, dans les émissions de télévision consacrées à la disparition de Johnny Gosch.

Une troublante déclaration

Une autre poursuite judiciaire de Paul A. Bonacci contre Lawrence E. King conduit à un nouveau procès en 1999. Si Paul A. Bonacci est amené à répéter son témoignage, un autre témoin de taille se présente à la barre : Noreen Gosch, appelée ainsi à montrer son soutien à Bonacci. Plusieurs questions banales sont posées à Noreen, une simple formalité judiciaire. Parmi ces questions : « Noreen Gosch, avez-vous revu votre fils depuis sa disparition en 1982 ? » C'est une question qui paraît ridicule. Bien sûr que non, elle n'a pas revu son fils depuis sa disparition ! Ça fait 15 ans qu'elle le cherche !

Pourtant, Noreen répond : « Oui, j'ai revu Johnny depuis sa disparition. »

Selon ses affirmations, la rencontre a eu lieu en 1997, alors que ça faisait plus de 15 ans que Johnny avait disparu. À 2 h du matin, Noreen est réveillée par des coups répétés à sa porte d'entrée. Récemment divorcée et vivant maintenant seule, elle ne répondait jamais à la porte d'entrée sans savoir qui était là. Avec toutes les menaces et les insultes qu'elle avait reçues depuis la disparition de son fils, elle devait se montrer prudente. En regardant par le judas optique de sa porte, elle a aperçu deux hommes assez grands qui se tenaient devant sa maison. Noreen ne les connaissait pas. Elle a demandé : « Qui est-ce ? » Et l'un des hommes a répondu : « C'est moi, maman. C'est Johnny. » En ouvrant la porte, Noreen dit avoir tout de suite reconnu son fils. L'homme devant elle, maintenant âgé de 27 ans, avait les mêmes yeux que Johnny. « Le regard ne change jamais », a-t-elle affirmé à la barre. Johnny avait les cheveux teints en noir. Il a raconté à sa mère que depuis son enlèvement, il avait été coincé dans un réseau pédophile sans pouvoir se sauver. Il ne pouvait lui en dire plus, puisqu'il était en danger. Il lui a toutefois révélé que son ami et lui avaient réussi à voler une voiture et à s'enfuir, et que, depuis leur fuite, ils vivaient maintenant dans diverses réserves indiennes du pays. Selon Noreen, Johnny avait de la difficulté à parler. Il se retournait toujours vers l'autre homme qui l'accompagnait avant de dire quoi que ce soit, comme s'il attendait son approbation. L'autre homme, lui, n'a pas dit un seul mot. Leur rencontre a duré 1 h 30 et Johnny est reparti aussi mystérieusement qu'il était arrivé. Il a demandé à sa mère de ne pas le chercher ni révéler qu'il était venu la voir. Noreen a tenu sa promesse jusqu'au procès.

C'est une affirmation choc, bien sûr. Mais difficile à croire, puisqu'il n'y a aucun moyen de prouver ces faits. Plusieurs ont accusé Noreen d'avoir inventé cette information afin d'utiliser le procès pour raviver l'enquête, qui avait perdu de son intérêt au fil des années.

Même le père de Johnny trouve les affirmations de son ex-femme complètement ridicules. En fait, depuis la disparition de son fils, Noreen a crié au loup à plusieurs reprises avec des hypothèses et des théories loufoques. Tous ces errements font qu'aujourd'hui, il est difficile de croire à toutes ses déclarations.

Mais est-il possible que Noreen Gosch soit sincère ? Que ce qu'elle ait vu cette nuit-là n'ait été qu'un simple rêve qu'elle a pris pour la réalité ? Ou encore, que l'homme qui était devant elle n'était pas Johnny, mais une personne mal intentionnée cherchant à faire une mauvaise blague ? Quoi qu'il en soit, des spécialistes du trafic humain affirment qu'il est impossible que Johnny ait pu survivre jusqu'à l'âge de 30 ans s'il a bel et bien été victime d'un réseau de pédophiles. Selon les statistiques, il aurait été tué bien avant ça. C'est en effet un argument valide. Mais qui sait ? Les histoires incroyables d'Elizabeth Fritzl et de Jaycee Lee Dugard, toutes deux gardées en captivité pendant plus de 15 ans avant d'être retrouvées saines et sauves, montrent qu'il y a parfois une lumière au bout du tunnel. Peut-être que Noreen dit bien la vérité ?

Des photos déchirantes

Août 2006 : un autre revirement de situation inattendu vient relancer l'enquête. Un dimanche matin, Noreen prend son courrier sur le pas de sa porte. À travers ses factures de téléphone et d'électricité, une petite enveloppe brune, non identifiée. Noreen dira plus tard qu'en voyant son contenu, son cœur a arrêté de battre. Elle ne pouvait plus respirer. L'enveloppe contenait quatre photos dont la qualité révélait qu'elles avaient probablement été prises dans les années 1980. Des photos pixélisées, à la teinte rosée, sépia.

Sur la première, un jeune garçon, châtain, est couché sur un lit blanc, en position fœtale. Il porte un pantalon, mais il a le torse et les pieds nus. Ses mains sont attachées derrière son dos par un épais tissu blanc. Il est également bâillonné par un tissu semblable. Le tissu lui serre la bouche, on peut facilement imaginer qu'il laisse des marques rouges sur ses joues. Le jeune garçon fixe l'objectif d'un regard triste. Il ressemble beaucoup à Johnny.

La deuxième photo est plus petite, de la grosseur d'une photo d'école. Sur l'image en noir et blanc, on peut voir un garçon qui ressemble à Johnny et qui regarde au loin. La photo ne montre qu'un visage étonné, comme si le garçon semblait soudain se rendre compte que quelqu'un est en train de capturer son portrait. Le coin gauche de la photo est déchiré. Et si cette photo faisait partie de celles qui ont été prises de Johnny deux semaines avant son enlèvement ?

Sur la troisième photo, la plus troublante selon moi, trois garçons sont couchés sur un lit. Ils sont sur le côté, en position fœtale, comme sur la première photo. Ils sont habillés mais ont eux aussi les poignets et les chevilles attachées avec un tissu. Ils ont la bouche bâillonnée, comme sur la première photo. Ils portent des vêtements des années 1980 et semblent avoir entre 10 et 15 ans.

Finalement, sur la dernière photo, on voit un homme dans la cinquantaine. Il est photographié de profil et sa tête est penchée. Il ne sait pas qu'on est en train de le photographier. Certains pensent que cet homme pourrait être responsable de l'enlèvement de Johnny.

Bien sûr, Noreen Gosch est persuadée que c'est son fils qui apparaît sur les trois photos. Elle affirme aux médias qu'elle reconnaît le pantalon sur la première, que c'est celui que Johnny portait le jour de son enlèvement. Pour elle, cette photo a donc été prise le jour même, ou quelques jours plus tard. On voit aussi qu'elle a été modifiée par ordinateur, avec un logiciel comme MS Paint.

Sur le bras de Johnny apparaît une sorte de marque, de tatouage. Ce symbole a été entouré en rouge et au bas de l'image on peut lire : The Brand.

Cette photo pourrait correspondre aux témoignages de Paul A. Bonacci qui a affirmé que le réseau de pédophiles dont il faisait partie avait pris l'habitude d'identifier ses victimes en les marquant d'un tatouage sur le bras. Selon Bonacci, Johnny avait déjà essayé de s'enfuir, mais ses bourreaux l'avaient rattrapé et auraient ensuite décidé de le tatouer. Plusieurs versions de cette même photo circulent un peu partout sur le Web, une version sans les modifications faites par MS Paint, une version en couleurs, une autre en noir et blanc. Noreen, en tout cas, est persuadée que ces photos appuient le témoignage de Paul. Elle les publie sur le site de sa fondation, la Fondation Johnny Gosch (johnnygosch.com), consacrée à la recherche de son fils. Elle demande l'aide du public, notamment pour identifier l'homme inconnu de la dernière photo.

Mais John Gosch, lui, affirme que ce n'est pas son fils sur les photos, qu'il ne le reconnaît pas. Qui dit vrai ? Selon moi, il est difficile de trancher, à cause de la mauvaise qualité des images et de l'angle sous lequel elles ont été prises. Des experts engagés par Noreen affirment que c'est bel et bien Johnny sur les photos, mais les policiers n'ont jamais pu le confirmer. D'autres éléments viennent aussi contredire cette hypothèse, l'un d'eux étant, encore une fois, le manque de fiabilité de Noreen.

Par exemple, la photo des trois garçons sur le lit est rapidement écartée par la police de West Des Moines. Le 13 septembre 2006, les enquêteurs reçoivent à ce sujet une lettre anonyme provenant de Tampa, en Floride :

> Messieurs,
>
> Quelqu'un a fait une bien mauvaise blague très répréhensible à une mère en deuil. La photo en question n'est pas de son fils, mais de trois garçons de Tampa en Floride qui a été prise en 1979-1980 lors d'un défi d'évasion. Il y a eu une enquête effectuée sur cette photo par le shérif du comté de Hillsborough, FL. Aucune plainte n'a été déposée et aucun méfait n'a été causé. Le détective principal dans l'affaire se nomme Zalva. Cette allégation est assez facile à prouver.

Contacté par les enquêteurs, le détective Zalva raconte avoir rencontré à l'époque les trois garçons de la photo, qui lui ont avoué toute l'affaire. Ils avaient accepté de se faire prendre en photo par un homme du voisinage, en échange de feux d'artifice. L'homme les a bâillonnés de la sorte afin de faire un « jeu d'évasion », les garçons devant réussir à se détacher dans un temps limité. Tout ça a été fait avec leur consentement.

À MES YEUX...

Bien sûr, la photo en soi est extrêmement troublante ainsi que l'histoire derrière ça. Un voisin attache des enfants pour jouer et les prend en photo ? Il y a anguille sous roche, c'est sûr. Toutefois, selon le témoignage du détective, en aucun cas les garçons de l'image ne sont des enfants enlevés. Cependant, les choses ne semblent pas tout à fait claires dans cette affaire. Dans la lettre anonyme, il est indiqué qu'il y a eu une enquête effectuée par Zalva en lien avec cette fameuse photo. Pourtant, quand d'autres inspecteurs du comté de Hillsborough ont été questionnés sur ladite enquête, ils ont affirmé que celle-ci n'avait jamais eu lieu et que les garçons de la photo n'ont jamais pu être identifiés formellement.

Noreen fait fi de toutes ces informations et, sur son site, elle écrit simplement que son fils est bien présent sur la photo. Elle prétend aussi que l'un des deux autres garçons serait le jeune David Johnson, disparu en 1985 à Lynnwood, Washington. L'autre serait un garçon porté disparu de la ville de Seattle, dont le nom n'est pas divulgué. Noreen est encore très active sur son site Internet, et elle continue d'affirmer que c'est son Johnny qui y est photographié. Ainsi, il est impossible de savoir qui dit vrai : Noreen ou Zalva ?

Dans les années qui suivent, Noreen reçoit d'autres photos du même style, qu'elle publie sur son site. Sur plusieurs, on voit un garçon clairement en détresse qui est, encore une fois, bâillonné par un épais tissu blanc. Il a été photographié dans plusieurs poses différentes. On peut croire que c'est le même que sur les photos précédentes. Et, en effet, il est difficile d'affirmer que ce garçon n'est pas Johnny Gosch ; il lui ressemble énormément. Par ailleurs, on voit qu'il est clairement plus maigre, qu'il a des cernes plus apparents, des changements qui pourraient laisser supposer, si c'est bel et bien Johnny, qu'il a été maltraité, voire torturé. Mais le père de Johnny, lui, continue d'affirmer que ce garçon n'est pas son fils. Dans les nombreuses entrevues que j'ai pu voir, John Gosch, s'il est aussi désespéré que Noreen, semble toujours plus terre à terre, plus réaliste. Il ne se laisse pas embarquer dans les différentes théories du complot que Noreen continue à alimenter. Il n'a, par exemple, jamais voulu lire le livre que Noreen a écrit : *Why Johnny can't come home*.

Georges Bush, MK-Ultra et la Maison-Blanche

À partir de là, l'enquête est tombée à plat. Bien sûr, la sortie du documentaire *Who took Johnny* a permis à plus de gens de connaître cette histoire, mais aucun élément nouveau n'a fait suite à sa diffusion. Aujourd'hui, avec l'avènement du phénomène *True Crime* et les médias sociaux, l'affaire Johnny Gosch est l'une des histoires de disparitions les plus discutées sur les forums comme Reddit ou Websleuth.

Dans cette histoire des plus troublantes, il est difficile de discerner le vrai du faux et chaque nouvelle théorie émise est plus incroyable que la précédente. Au fil des années, plusieurs hypothèses ont tenté de lier la disparition de Johnny à diverses théories du complot. Ce n'est pas étonnant. Les gens raffolent des théories du complot pour plusieurs raisons. Elles peuvent, par exemple, justifier leur haine pour le gouvernement ou les multinationales et donner une raison de plus pour ne pas leur faire confiance. Mais surtout, les théories du complot permettent de croire en un monde mystérieux. Et si tout ce que nous croyons depuis toujours n'était qu'une énormité, un horrible mensonge ? Que se cache-t-il derrière ces apparences trompeuses ? Je crois que nous sommes encore loin de connaître la vérité sur l'affaire Johnny Gosch. Mais je vais tout de même vous faire part de quelques-unes des théories les plus abracadabrantes qui ont été échafaudées depuis le 5 septembre 1982.

À un moment, certains ont pensé que Jeff Gannon, un journaliste douteux ayant réussi à s'infiltrer à la

Maison-Blanche, était en fait Johnny Gosch. Jeff Gannon, anciennement Jeff Guckert, est un homosexuel qui travaillait comme escorte et qui est ensuite devenu journaliste. Plusieurs internautes ont fait le lien entre les initiales de Johnny Gosch et celles du journaliste. De plus, en comparant les photos d'adolescence de Gannon et celles de Johnny Gosch, on peut y déceler d'infimes ressemblances.

Évidemment, cette théorie est complètement ridicule... puisque Johnny Gosch et Jeff Gannon ont 15 ans de différence !

Mais certains y ont cru dur comme fer, allant jusqu'à exiger que le journaliste se soumette à un test ADN pour prouver qu'il n'était pas Johnny Gosch, ce qu'il a, bien sûr, refusé.

À un autre moment, Noreen a affirmé que Johnny s'était probablement fait laver le cerveau par le programme MK-Ultra et que George Bush était dans le coup. En fait, dans les années 1990, *The Washington Times* a publié plusieurs articles déclarant que durant les années Bush/Reagan, la Maison-Blanche aurait fait appel à différents services d'escortes mâles pour des fêtes privées. Paul A. Bonacci a affirmé être allé à une de ces fêtes et y avoir vu le président Georges Bush en train d'avoir des relations sexuelles avec un adolescent noir. Noreen Gosch croit que son fils aurait probablement été appelé à travailler durant l'une de ces fêtes et qu'il aurait eu des relations sexuelles avec l'un des présidents, mais qu'on lui aurait lavé le cerveau – raison pour laquelle il ne reviendrait pas à la maison.

*

Lorsqu'on se plonge dans cette affaire, il est difficile d'en sortir indemne. La première fois que quelqu'un cherche à connaître les détails de cette histoire, il peut facilement se perdre et même en venir à croire à toutes ces théories abracadabrantes ! Mais, avec un peu de recul, on commence à être plus méfiant à l'égard des déclarations de Bonacci et de Noreen Gosch. L'Organisation internationale du travail estime qu'il y a plus de 40 millions d'individus dans le monde qui sont victimes de trafic humain. Est-ce que Johnny Gosch aurait pu être l'un d'eux ? C'est très possible. Est-ce que le gouvernement américain pourrait être impliqué ? Il est difficile de le croire, mais pas impossible. Aujourd'hui, Johnny aurait 50 ans. Est-ce qu'il aurait pu survivre 40 ans après son enlèvement ? Ce serait digne d'un miracle, mais pourquoi pas ?

L'affaire Johnny Gosch est l'une des histoires que je souhaite voir se résoudre avant ma mort. Est-ce que Johnny s'est fait tuer le jour de son enlèvement ? A-t-il survécu quelques années ? Est-il toujours vivant, caché ? Et vous, quelle est votre théorie sur le sujet ? Si vous souhaitez vous faire une opinion et vous lancer dans vos propres recherches, vous pouvez commencer par visiter le site de la Fondation Johnny Gosch, au johnnygosch.com, ou visionner le documentaire *Who Took Johnny* sur YouTube. Mais attention, vous tomberez bien vite dans l'un des *rabbit holes* qui jalonnent cette histoire et vous serez hanté pendant des jours. Vous penserez à moi cette nuit quand vous n'arriverez pas à dormir… Vous ne pourrez pas dire que je ne vous avais pas prévenu !

CHAPITRE 8

Le phare des îles Flannan

Il y a de ces histoires qui marquent la mémoire collective d'un pays, qui deviennent des légendes qu'on raconte pour faire peur aux enfants, pour les obliger à se brosser les dents ou à terminer leur assiette. Celle qui suit semble issue d'un conte fantastique que l'on raconte autour d'un feu de camp. C'est un récit transmis de génération en génération et qui laissera perplexe quiconque l'entendra. Les disparitions des îles Flannan font maintenant partie de la culture populaire écossaise, comme *la Llorona* pour les Mexicains, *la Dame blanche* pour les Français ou *la Chasse-galerie* pour les Québécois. Mais contrairement à toutes ces légendes, le plus terrifiant dans cette histoire, c'est qu'elle n'est pas inventée, elle est aussi réelle et sérieuse qu'un arrêt cardiaque (pour emprunter l'expression aux anglophones). C'est peut-être aussi ce qui contribue à sa popularité. Le groupe de musique Genesis a d'ailleurs composé une chanson sur le sujet,

The Mystery of the Flannan Isles Lighthouse. Plusieurs chansons et poèmes ont été écrits afin de mettre en mots les événements qui ont eu lieu le 15 décembre 1900. Cette date est approximative puisqu'en réalité, nous ignorons encore la journée exacte des disparitions. Même l'âge des personnes concernées, les caractéristiques de leur physique et de leur personnalité restent un mystère. Ainsi, de bouche à oreille, quelques informations ont été inventées, transformées, effacées, mais l'essentiel reste que cette histoire a de quoi donner des cauchemars ! Il me fait plaisir de vous la faire connaître dans les pages qui suivent.

Fermez les yeux un moment, et reculez
de plus d'un siècle dans le passé.

Il y a une odeur d'eau salée dans l'air, votre visage est humide, constamment mouillé par l'océan qui vous entoure. Le vent souffle dans vos oreilles, les rendant rouges et glacées par le froid de la haute mer. Sentez-vous cette sorte de vibration ésotérique émise par les îles Flannan ? Est-elle causée par la furie des vagues s'écrasant contre les îles rocheuses ou plutôt par la colère et les beuveries de tous les marins écossais qui naviguent entre les îles ? Une chose est sûre, une ambiance ténébreuse règne dans ce petit coin de pays.

Des îles mystérieuses

Les Western Isles ou Îles Hébrides extérieures, regroupant plusieurs archipels d'îles situées à l'ouest de l'Écosse, sont au cœur de diverses légendes hautes en couleur. On raconte que des hommes-sirènes, les *Blue Men*, vivraient dans des caves souterraines près des îles Shiant. Plusieurs marins affirment avoir vu ces créatures étranges en train de nager dans la région. Selon le mythe, les *Blue Men* s'amuseraient à noyer les marins et à faire chavirer les navires. De nombreux matelots ont par ailleurs juré avoir aperçu différents monstres marins dans l'océan Atlantique, à l'ouest de l'Écosse. On dit même qu'à une certaine époque, une famille de loups-garous aurait vécu sur l'une des nombreuses îles de la région. La légende raconte que quiconque aura le malheur de déranger leur tombeau sera hanté pour le restant de ses jours. Les îles Flannan ne font pas exception à la règle et possèdent leurs propres légendes fantastiques. Sur l'une de ces îles désertiques, on peut voir une structure en pierres, une sorte de chapelle très rudimentaire, qui aurait été construite au VIIe siècle en l'honneur de saint Flannan, un évêque important qui aurait été responsable de quelques miracles. Or, la chapelle ne semble pas très pratique ni accessible au public. Ce n'est qu'un amas de pierres froides érigées en forme de maison. Une aura bien sombre l'entoure et elle semble avoir existé depuis la nuit des temps. Bien qu'inhabitées, les îles Flannan reçoivent quelques touristes à l'occasion, mais leur visite est plutôt rapide. Lorsque ceux-ci se rendent compte qu'il n'y a pas grand-chose à y voir, ils repartent en vitesse. Comme des rumeurs racontent que ces îles seraient hantées, personne ne prend le risque d'y rester une nuit complète !

Les îles Flannan provoquent un sentiment de profond malaise chez leurs visiteurs.

Au milieu de l'archipel, sur la plus grosse île, se trouve le phare d'Eilean Mor, une structure sombre et fascinante qui n'inspire pas confiance. L'histoire qui suit est justement celle qui a popularisé les îles Flannan. En effet, un an après la construction du phare, trois hommes ont disparu dans des circonstances douteuses.

La beauté et la solitude du phare d'Eilean Mor continuent à hanter l'archipel. Ce monument semble avoir été créé dans l'unique but d'effrayer les marins. Situé au milieu de nulle part, il nous fait voyager dans le temps, comme un roman de Diane Gabaldon. Son inauguration a eu lieu le 7 décembre 1899. Mesurant à peine 20 mètres de hauteur, le phare est si petit qu'à l'époque, on le surnommait affectueusement *la niche à chiens*. Malgré cette particularité, il était pratique pour les bateaux de cargaison qui devaient passer par les îles Flannan afin d'atteindre le port d'Édimbourg, sur la côte ouest de l'Écosse. C'était une route transatlantique importante et, dans la nuit noire du ciel écossais, le phare a permis de guider des centaines de marins qui naviguaient à travers les îles.

La solitude du gardien de phare

À Eilean Mor, quatre hommes travaillaient comme gardiens de phare. Ils avaient des tâches importantes :

couper la mèche des bougies, remplir d'huile les fanaux lorsqu'il en manquait, remonter les horloges, laver les fenêtres, aider les bateaux à accoster, etc. Le métier de gardien de phare était vieux comme le monde, mais il n'existe malheureusement plus. Suivant les télégraphistes, les gardiens de phare ont disparu. Maintenant, la plupart des phares sont automatisés.

À l'époque, il y avait quelques règles que les gardiens devaient suivre sans faute, notamment celle de garder la lumière allumée en tout temps, et surtout, de ne jamais laisser le phare inoccupé. Qu'un bateau approche, qu'il y ait une tempête dehors, etc., quelles que soient les circonstances, jamais, jamais le phare ne devait être vide. L'un des gardiens devait rester à l'intérieur en tout temps. C'est probablement pourquoi il y avait quatre hommes assignés à la tâche. Pendant que trois des gardiens dormaient, le quatrième guettait l'arrivée des bateaux et s'assurait qu'il y avait assez d'huile dans le fanal. Le travail de gardien de phare était très solitaire et devait être dur pour le moral.

FIGÉS POUR L'ÉTERNITÉ

Sur Internet, on trouve une seule photo des gardiens du phare en 1900, grise et un peu rigide, comme une photo officielle d'employés du mois. Elle met en scène quatre hommes arborant une épaisse moustache et portant un uniforme de l'époque. On peut y voir le gardien principal, Thomas Marshall, et son assistant James Ducat. Il y a aussi un troisième gardien qui était occasionnel, Donald MacArthur.

Chaque trimestre, un nouveau gardien occasionnel venait travailler sur l'île, engendrant une rotation d'employés quatre fois par année. Au moment des disparitions, le quatrième homme, William Ross, était en vacances chez lui, en Écosse, pour quelque temps. Selon la légende, un an et quatre mois après la disparition des trois hommes, William Ross aurait également perdu la vie durant son service au phare d'Eilean Mor. On l'aurait trouvé mort dans la salle de lumière. La raison de son décès est encore inconnue aujourd'hui. Que pouvait-il bien se passer dans ce phare pendant les longues semaines de service ? L'un des occasionnels, Joseph Moore, a raconté à ses proches comment il était heureux d'avoir terminé son service trimestriel et à quel point le fait de rester deux semaines sur une île déserte pourrait rendre fous même les plus sains d'esprit. Toujours selon la légende, Moore possédait un talisman qu'il aimait trimballer partout pour éloigner la malchance dans sa vie. Après la disparition de ses collègues, il a été l'un des premiers hommes à retourner sur l'île ; or, ce jour-là, il avait oublié son talisman. Il a déclaré avoir ressenti un malaise inexplicable en débarquant sur l'île et a affirmé que depuis ce jour, il a l'impression d'être sous l'emprise d'un mauvais sort. En effet, plusieurs membres de sa famille sont morts de manière inexpliquée et à un très jeune âge.

L'île serait-elle maudite ?

Un étrange soir de tempête

Quelques jours avant la disparition officielle des trois hommes, le 15 décembre 1900, les marins d'un bateau brigantin qui passait près des îles Flannan ont aperçu quelque chose qui a capté leur attention : un petit canot de sauvetage qui se dirigeait vers le phare d'Eilean Mor. Assis dans le canot, des hommes très pâles ramaient à l'unisson. Les marins ont remarqué que ces hommes étaient vêtus de guenilles, comme si cela faisait plusieurs mois qu'ils portaient les mêmes vêtements déchirés. Le bateau a finalement continué son chemin sans que les marins puissent savoir si les naufragés étaient arrivés à bon port. La même nuit, une tempête a fait rage en mer. Les marins du brigantin avaient une visibilité réduite et, pour ajouter à leur détresse, la lumière du phare d'Eilean Mor était éteinte. C'était tout à fait anormal et le capitaine du bateau se demandait bien pourquoi personne ne s'occupait d'aller l'allumer ! Avec les vagues monstrueuses qui se fracassaient contre son navire et la noirceur froide de la mer, il en avait plus que jamais besoin. Les jours suivants, les bateaux qui passaient par les îles Flannan ont, eux aussi, été choqués de l'absence de lumière dans le phare. N'y avait-il donc personne pour s'en occuper ?

Toutes les deux semaines environ, Eilean Mor était ravitaillé par le bateau de provisions *Hesperus*. Le 26 décembre, le capitaine James Harvey approchait l'île à son bord. Il amenait avec lui le gardien qui remplacerait l'occasionnel, l'huile pour les réserves et des provisions fraîches dont les hommes pourraient avoir besoin. Harvey et l'occasionnel étaient censés arriver le 23 décembre, mais le temps était si mauvais qu'ils ont dû reporter leur voyage de quelques jours. En approchant de l'île, Harvey et Joseph Moore, le nouveau gardien, ont eu la surprise de constater que la lumière du phare était éteinte. Ils ont tout de suite eu un mauvais pressentiment, sachant très bien que les gardiens étaient normalement assez rapides pour la rallumer au besoin, et que l'obscurité ne pouvait pas durer plus de quelques minutes. C'était la première fois que Harvey se rendait sur l'île sans lumière pour lui indiquer le chemin. Plus il approchait, plus il s'inquiétait : il ne pouvait pas faire accoster le bateau seul, sans l'aide des gardiens. Il a donc envoyé quelques signaux de détresse et a appuyé sur le klaxon à plusieurs reprises.

Mais rien. Aucun mouvement, aucune réponse.

Alors qu'ils arrivaient au bord de l'île, personne n'est venu les accueillir. Le drapeau qui devait être érigé pour leur arrivée pendouillait tristement sur son poteau. Difficilement, James et Joseph ont accosté par eux-mêmes, tout en s'inquiétant de plus en plus du sort des gardiens. Ceux-ci devaient avoir une bonne raison pour ne pas venir leur donner un coup de main. En grimpant les escaliers de pierre qui menaient au phare, James et Joseph, silencieux, craignaient le pire.

Arrivés au bâtiment, les deux hommes ont eu la surprise de constater que la porte n'était pas verrouillée. Pourtant, après un an de travail sur l'île, les gardiens connaissaient parfaitement les règles :

la porte principale devait toujours être fermée à clé. Bien entendu, l'île avait rarement des visiteurs, mais c'était une règle assez simple et on tenait à ce qu'elle soit respectée. En entrant, James a demandé : « Il y a quelqu'un ? », et n'a obtenu aucune réponse. À l'intérieur du phare silencieux, il a noté d'emblée quelques détails étranges.

Pour commencer, deux des trois imperméables manquaient. Chacun des hommes en avait un, qui lui servait à aller accueillir les bateaux sans trop se faire tremper par l'eau des vagues. Il ne restait qu'un seul manteau accroché sur les supports. Où étaient les deux autres ? Sur la petite table carrée de la cuisine, il y avait encore quelques assiettes non terminées. La nourriture semblait s'y trouver depuis quelques jours déjà. Une chaise était renversée, comme si l'un des hommes s'était levé brusquement, tellement vite qu'il n'avait pas eu le temps de la replacer. Plus étrange encore, l'horloge de la cuisine s'était arrêtée.

James et Joseph ont longuement fouillé l'île, mais les trois hommes n'étaient nulle part. C'était comme s'ils s'étaient évaporés. Le capitaine Harvey a envoyé un télégraphe au Northern Lighthouse Board, le quartier général en charge des phares, pour les aviser de la disparition des trois gardiens.

Un accident horrible est arrivé aux îles Flannan. Les trois gardiens, Ducat, Marshall et l'occasionnel, ont disparu de l'île. À notre arrivée cet après-midi il n'y avait aucun signe de vie sur l'île. [...] Les horloges étaient arrêtées et d'autres signes indiquaient qu'un accident a dû se produire il y a environ une semaine. Les pauvres hommes ont dû tomber en bas de la falaise ou ils se sont noyés ou quelque chose comme ça. [...] J'ai laissé Joseph Moore ainsi que deux autres marins sur l'île afin de s'occuper de la lumière jusqu'à ce que vous preniez une décision. [...]

Quelques jours plus tard, le 29 décembre, Robert Muirhead, l'un des chefs du Northern Lighthouse Board, s'est rendu sur l'île afin d'y mener sa propre enquête. Il connaissait les gardiens personnellement et leur disparition l'a grandement inquiété. En fouillant le phare, il n'a rien vu d'anormal. Apercevant le journal de bord placé sur la table, il a pensé y trouver des indications. Le journal de bord est l'outil numéro un des gardiens de phare, il peut révéler d'importantes informations sur les quarts de travail des employés.

Le 12 décembre, Thomas Marshall a écrit :

Il y a des vents très forts comme je n'en ai pas vu en vingt ans. J'ai aussi remarqué que Ducat était très silencieux et que McArthur avait pleuré.

Le 13 décembre, l'entrée est plus courte, mais tout aussi inquiétante :

La tempête fait encore rage. Nous avons beaucoup prié.

Le 15 décembre, la dernière entrée du journal :

L'orage est terminé, la mer est calme. Dieu veille sur nous.

À MES YEUX...

Les dernières entrées du journal sont plutôt mystérieuses. Plusieurs détails m'intriguent. Pourquoi McArthur a-t-il pleuré ? Pourquoi les hommes ont-ils ressenti le besoin de prier ? Sentaient-ils une menace quelconque ? Muirhead connaissait ces gardiens depuis quelque temps déjà. Il les décrivait comme des durs à cuire, des hommes qui pleuraient très rarement, voire jamais. Il a aussi affirmé qu'aucun d'entre eux n'était très croyant, ce n'était pas dans leurs habitudes de prier, encore moins de prendre la peine de l'écrire dans le journal de bord. Qu'est-ce qui pourrait expliquer ce comportement soudain ? Mais le plus étrange, c'est que du 11 au 15 décembre, il n'y a eu aucune tempête dans les environs. La mer, au contraire, était plutôt calme. C'est seulement durant la soirée du 15 décembre qu'un orage a commencé à se former.
Pourquoi avoir écrit ces informations dans le journal de bord ? Les aurait-il inventées ?

Sur la plateforme servant à amarrer les bateaux, Muirhead a trouvé des cordes sur les rochers. Ces cordes étaient censées être bien placées à l'intérieur de la caisse de bois prévue à cet effet, située à 70 mètres de l'endroit où s'amarrent les bateaux. Après chaque utilisation, les gardiens devaient les remettre à la bonne place. Il fallait être prêt à toute éventualité. Bizarrement, la caisse de bois n'était nulle part. Après avoir bien inspecté les lieux, Muirhead a pu rédiger son rapport d'investigation :

> Si je me base sur les preuves que j'ai pu accumuler, je suis presque certain que les hommes étaient à leur poste jusqu'à l'heure du souper, samedi soir le 15 décembre. Ils sont probablement allés sur le quai afin de bien ranger les cordes d'amarrage dans leur boîte, située dans une crevasse de la pierre à 110 pieds au-dessus du niveau de la mer, et une vague particulièrement grosse et puissante, venant s'échouer contre la roche, les aurait emportés avec elle.

Disparus dans le ciel orageux

Il est possible, en effet, qu'un tel incident soit arrivé. Qu'une vague énorme ait emporté l'un des gardiens ou que la caisse de bois soit tombée, peu importe, le troisième gardien a dû sortir en vitesse afin de donner un coup de main à ses coéquipiers. Ça expliquerait pourquoi il n'aurait pas eu le temps d'enfiler son imperméable, malgré le froid de décembre. Ça pourrait aussi expliquer pourquoi l'une des chaises était renversée. Cette hypothèse pourrait également excuser le gardien qui aurait temporairement enfreint la règle la plus importante : ne jamais quitter son poste. Cependant, il est étrange que la date du 15 décembre coïncide avec les témoignages des marins qui ont aperçu le canot de sauvetage en direction de l'île. Ces hommes pourraient-ils être responsables de la disparition des gardiens ? Étaient-ils des pirates ? Je ne crois pas trop à cette hypothèse. L'idée de pirates en canot me fait sourire, c'est peu commun, non ? De plus, selon les nombreux articles écrits à ce sujet, il n'y avait pas de pirates actifs en Écosse au début du XXe siècle. Et si, en apercevant ces hommes en haillons, deux des gardiens seraient tombés à l'eau en tentant de les secourir, alors que le troisième gardien était resté à l'intérieur pour terminer son repas ? Mais la question demeure : qui étaient ces hommes ? Pourrait-on imaginer qu'il s'agissait de fantômes ? L'île a la réputation d'être hantée, après tout. Peut-être que les hommes du canot n'étaient que de pauvres esprits, morts durant un naufrage, condamnés à ramer pour l'éternité à la recherche d'une terre ferme et accueillante. Quoi qu'il en soit, il semble très probable qu'une vague ait en effet emporté les trois hommes.

D'un autre côté, plusieurs questions restent sans réponse. Les gardiens étaient des hommes expérimentés ; ils avaient de bonnes connaissances des dangers de la mer. Qu'est-ce qui aurait pu les pousser à prendre des risques inutiles ? Étaient-ils en situation de panique ? Par ailleurs, si les hommes s'étaient réellement noyés, l'un des corps aurait probablement fini par s'échouer sur la rive. Nous savons aujourd'hui qu'aucun des trois hommes n'a été retrouvé. Et enfin, que dire des entrées de journal étranges ? Pourquoi ces hommes auraient-ils imaginé une tempête alors qu'il n'y en avait pas ? Cette histoire me fait penser à une sorte d'hallucination collective. L'enfermement et l'isolation peuvent causer des épisodes de psychose assez sévères. Il existe des cas rares de délire psychotique partagé, appelé syndrome de folie à deux. Cela aurait-il pu être le cas ici, à cause de l'isolement et de la dureté des conditions de travail ? Les trois hommes auraient-ils imaginé une tempête, et, pris dans leur folie, se seraient-ils noyés de manière accidentelle ? En relisant les quelques lignes du journal, le repliement sur soi de Ducat, les pleurs de McArthur, ce soudain besoin de prier Dieu, je m'interroge.

Étaient-ils tous devenus fous ?

Pour revenir aux hypothèses paranormales, il est impossible de raconter une histoire écossaise sans parler du monstre du Loch Ness. Plusieurs personnes croient à l'existence de cette bête et en viennent même à faire un lien entre la disparition des trois hommes et celle-ci. Évidemment, les îles Flannan sont plutôt éloignées du Loch ! Mais, selon les défenseurs de cette théorie, si une bête aussi majestueuse que Nessie existait réellement, peut-être aurait-elle la capacité de voyager d'aussi longues distances sans se faire repérer. Les hommes auraient ainsi pu être victimes d'un monstre marin qui les aurait engloutis d'une seule bouchée. Au fil des années, les hypothèses paranormales se sont succédé. Les possibilités sont infinies ! Par exemple, un ovni aurait peut-être visité les îles Flannan et les trois hommes, subjugués par la beauté des lumières multicolores dans le ciel, se seraient fait aspirer par l'engin. Ensuite, ils auraient disparu dans un monde parallèle ou une planète lointaine. Le mystère des îles Flannan est intéressant justement parce qu'il est impossible de le raconter sans se faire des peurs et s'imaginer l'impossible.

*

Aujourd'hui, ceux qui ont la chance de visiter le phare d'Eilean Mor disent entendre des cris étranges, comme ceux d'hommes qui appelleraient à l'aide. Seraient-ce les voix des gardiens ou des pirates fantômes qui auraient atterri sur l'île ? Si, un jour, vous passez par là, tendez bien l'oreille. Peut-être entendrez-vous les pleurs désespérés des gardiens du phare qui demandent de résoudre, une fois pour toutes, l'énigme de leur disparition.

CHAPITRE 9

Rose Jewett – Ces disparitions dont on ne parle jamais

On s'intéresse beaucoup aux disparitions d'enfants, pour plusieurs raisons, notamment la vulnérabilité et l'innocence de ceux-ci. Lorsqu'on entend parler d'une histoire comme celle de la petite Marion Wagon ou d'Ariel Kouakou, on pense souvent à ses propres enfants. C'est le cauchemar de tous les parents. Les disparitions d'enfants sont ainsi largement médiatisées et prioritaires pour les policiers et le public. Mais que se passe-t-il quand c'est une personne âgée qui disparaît ? Bien souvent, ces gens sont aussi vulnérables et sans défense que de jeunes enfants. Alors, pourquoi semblent-ils être moins importants ? Connaissez-vous beaucoup d'histoires de disparitions de personnes âgées très connues, qui ont eu la chance de passer aux nouvelles ? Personnellement, je n'ai aucun nom en tête. Pourtant, récemment, j'ai lu un article sur le sujet et les statistiques m'ont complètement bouleversée. Selon CNN, en Chine, plus de 1 300 personnes âgées disparaissent chaque jour ! C'est énorme, non ? J'ose espérer que la plupart de ces disparitions sont vite résolues ! Mais ce problème n'existe pas seulement en Chine. Aux États-Unis, le *Silver Alert* a été mis en place, une alerte semblable à l'alerte Amber, mais pour les disparitions de personnes âgées. Au Québec, avec la population vieillissante, François Legault, de la CAQ, a également parlé d'instaurer ce système d'alerte dans la province. Car il y a des milliers d'histoires de personnes âgées qui disparaissent sans laisser de trace et qui sont encore irrésolues à l'heure qu'il est. Chacune contient son lot de mystère puisque souvent, elles sont peu couvertes par les médias. Ainsi, de nombreuses questions restent sans réponse. Pour ce chapitre, j'ai décidé de couvrir une histoire extrêmement intrigante sur laquelle on a peu d'informations. Dès que je suis tombée sur cette disparition, dans le livre *Missing 411*, écrit par David Paulides, qui regroupe des centaines de disparitions dans les parcs nationaux aux États-Unis, elle m'a tout simplement semblé impossible à résoudre. Vous allez vous en rendre compte par vous-même : c'est presque surnaturel ! Voici la prémisse : une femme de plus de 90 ans qui se volatilise en plein jour.

*

Cette histoire se passe en Idaho. Elle est simple et semble arriver assez souvent : une personne âgée s'égare en forêt. C'est désolant, puisque plusieurs facteurs peuvent entrer en compte dans ce type de disparition : le manque d'orientation, le froid, les cours d'eau, la déshydratation, les bêtes sauvages, etc. Or, dans ce cas-ci, je n'arrive toujours pas à comprendre ce qui a pu se passer cette journée-là. Très peu d'informations sont offertes au public. Pour ce chapitre, j'ai dû me référer à des archives de 1957 du journal de Kendrick, Idaho. Coincée entre deux publicités, la petite colonne consacrée à la disparition de Rose Jewett passe inaperçue.

Nous sommes en août 1957, à Elk River. C'est une région plutôt déserte où les touristes se font rares. Le comté de Clearwater compte très peu de routes, il n'y a donc pas beaucoup de passants. Mme Rose Jewett, âgée de 95 ans, accompagne sa famille en camping. Ils sont plusieurs à y aller : sa fille, son gendre et ses petits-enfants. Récemment, Rose a souffert d'un AVC. Sa mobilité est réduite. Durant la plus grande partie du séjour, elle reste donc assise sur sa chaise et respire l'air frais des montagnes. Elle ne manquerait jamais l'occasion de passer des moments précieux avec ses êtres chers. Qui sait combien de temps il lui reste pour entendre les rires de ses petits-enfants ?

Le jeudi 8 août, les membres de la famille installent tranquillement leur campement, puisqu'ils planifient d'y passer quatre jours. Le séjour se passe en beauté, Rose est heureuse. Elle apprécie sa fin de semaine, tout le monde est aux petits soins avec elle. Le dimanche 11 août, vers 16 h, la famille de Rose décide d'aller cueillir des baies dans la forêt avant de défaire le campement et de retourner à la maison. Rose reste sur le terrain de camping et se repose de sa fin de semaine. Quarante-cinq minutes plus tard, sa fille et son mari vont vérifier que tout va bien. La grand-mère est endormie dans la boîte de la camionnette. Le couple décide de ne pas la réveiller et retourne continuer la cueillette. À 17 h, lorsqu'ils reviennent, Rose a disparu.

Au départ, sa famille ne semble pas trop s'alarmer. *Elle ne peut pas être allée bien loin !* On remarque qu'elle a laissé son manteau dans la camionnette et qu'elle a changé de chaussures. De plus, une chaudière semble avoir disparu du campement. Est-ce que Rose aurait décidé d'aller cueillir des baies, elle aussi ? Elle a de la difficulté à marcher, elle ne peut pas avoir parcouru une très longue distance. On fouille les alentours, mais bien vite on se rend compte que la vieille dame est introuvable. On signale la disparition de Rose Jewett. Des renforts sont immédiatement appelés pour les recherches.

Une battue de plus de cinq jours est organisée. Une cinquantaine de volontaires sont sur place pour aider. Ils connaissent cette région comme le fond de leur poche. On inspecte les environs de fond en comble, chaque pierre est retournée. Malheureusement, aucun indice n'est découvert, pas même un seul vêtement. On fait venir des chiens renifleurs, normalement très doués dans ce type de recherches. Or, les animaux ne sont pas d'une grande aide. Pendant trois jours, ils tournent en rond autour du terrain de camping. C'est comme si Rose s'était volatilisée dans un petit carré de gazon.

Les autorités en viennent à la conclusion que Rose a dû embarquer dans une voiture qui passait. Mais la famille Jewett en doute fortement. Si une voiture était passée dans les environs, on l'aurait entendue ! Qui plus est, pourquoi Rose serait-elle montée à bord de l'auto d'un inconnu ? Un kidnapping ? Quel est l'intérêt d'enlever une vieille dame de 95 ans souffrant de problèmes de santé ? Alors, une bête sauvage ? Le terrain de camping est en parfait état, aucune trace de sang ni de lutte pourrait indiquer que Rose se serait fait attaquer.

Voilà. C'est tout ce qu'on sait sur cette affaire.

Incroyable, non ? Quel est votre avis là-dessus ?

En octobre de la même année, la fille de Rose a offert une récompense de 300 $ en échange d'informations permettant de retrouver sa mère. Encore à ce jour, plus de 70 ans plus tard, Rose Jewett n'a jamais été retrouvée. Bien que les disparitions en forêt soient fréquentes et restent souvent irrésolues, cette histoire me brise le cœur. La pauvre dame a disparu à la fin d'un week-end de rêve, entourée des gens qu'elle aimait. Elle n'a jamais pu dire adieu à ses enfants et ses petits-enfants. S'est-elle égarée ? Est-elle tombée dans un ravin bien caché dans la forêt ? A-t-elle souffert ? Ce type d'histoire arrive trop souvent pour qu'on continue d'ignorer ce phénomène. Les sites du gouvernement regorgent de photos d'adultes portés disparus depuis plusieurs années dont on n'a jamais entendu parler. Chaque histoire de disparition devrait être traitée avec la même importance que si la victime était une petite fille aux yeux bleus.

CHAPITRE 10

Christopher Kerze – Un adolescent perdu

Christopher Kerze est, pour ainsi dire, un adolescent modèle. Âgé de 17 ans à peine, il a un brillant avenir devant lui. De nature timide et réservée, sa personnalité ne l'empêche pas d'exceller dans plusieurs sphères de sa vie. Il se surpasse à l'école ; il a même été invité à un événement de la société honorifique National Honor Society, qui a su reconnaître son érudition, son service à la communauté, son leadership et son entregent. En plus d'être premier de classe, Christopher fait partie de l'équipe de natation de son école secondaire et joue de la clarinette. Dans ses temps libres, il aime faire du ski en hiver et du camping en été. Il a des amis avec qui il s'adonne parfois au *laser tag*, il lit beaucoup sur des sujets qui le passionnent et joue souvent à des jeux vidéo. C'est le genre d'étudiant presque parfait qu'on envie lorsqu'on est adolescent. Bref, rien ne pouvait présager que Chris se suiciderait. C'est pourtant bien ce qu'on croit lui être arrivé…

Mais en sommes-nous sûrs ?

L'école buissonnière

Nous sommes le 20 avril 1990, un lundi matin ordinaire à Eagan, au Minnesota. Contrairement à son habitude, Christopher n'est pas dans son assiette. Il a un gros mal de tête et sent qu'il va être malade. Il demande la permission à ses parents de rester à la maison. Loni et Jim Kerze jugent que leur fils doit vraiment être mal en point pour vouloir manquer une journée de classe. Cela n'arrive pratiquement jamais ! Loni touche le front de son fils et lui donne des médicaments antidouleur en espérant que ça lui fera du bien. Ensuite, Loni et Jim partent travailler en avisant Chris qu'ils seront de retour en après-midi. L'adolescent dit au revoir à ses parents et retourne se coucher.

Quand Jim et Loni reviennent à la maison à l'heure prévue, ils constatent que la voiture familiale, une Dodge Caravan bleue, n'est pas stationnée devant la maison comme ils l'avaient laissée en partant ce matin-là. Ils remarquent aussi que le chien est en liberté et qu'il court autour de la maison. C'est une scène plutôt inhabituelle. Les Kerze ne laissent jamais leur chien dehors ! En pénétrant dans la maison, Lori aperçoit une petite note laissée sur le comptoir de la cuisine.

> Maman, j'ai eu un imprévu important
> + je me sens un peu mieux.
> Je serai de retour vers 18 h (à moins que je me perde).
>
> Bisous, Chris

Loni lit la note, la dépose sur le comptoir et commence à préparer le souper pour sa famille. À ce moment, elle ne se pose pas trop de questions. « Christopher est sage et responsable, il a sûrement dû se rendre à l'école pour un entraînement de natation », se dit-elle. Elle ne s'interroge pas sur le mot « perde », qui est souligné deux fois. Plus tard, quand les policiers lui ont posé la question, Loni a raconté qu'elle avait pensé que c'était en lien avec une blague entre Chris et elle. En effet, lorsque le jeune homme apprenait à conduire, il s'était perdu à quelques reprises et ses parents s'étaient moqués de son mauvais sens de l'orientation. « Comment peux-tu te perdre dans un village aussi petit ? » lui avaient-ils dit en riant. À l'époque, Christopher n'était qu'un apprenti conducteur et il était très nerveux au volant.

Mais avec le recul, ce double soulignement apparaît tout de même étrange. Chris cherchait-il, à travers cette référence, à faire passer un message à ses parents ?

Le soir venu, quand Christopher ne rentre pas à l'heure promise, Loni et Jim s'inquiètent, mais ne signalent pas pour autant sa disparition. Ils croient encore que lorsqu'une personne disparaît, il faut attendre 24 heures avant de contacter les autorités. Bien que cette règle ait existé dans les années 1980 (nous l'avons constaté dans l'affaire Johnny Gosch), ce n'est plus le cas en 1990, et encore moins lorsqu'il s'agit de mineurs ! Mais les parents de Chris l'ignorent.

Une course contre la montre

Dès le lendemain, après une nuit d'insomnie, la famille Kerze reçoit une lettre écrite à la main. Elle vient de Christopher. Le jeune homme y explique qu'il a menti à propos de son mal de tête et qu'il n'est pas allé à l'école la veille dans le but de quitter la maison et de se rendre dans un endroit « que lui-même ne connaît pas encore ». Il annonce qu'il a l'intention de se suicider et s'excuse auprès de sa famille. La lettre a été envoyée de Duluth, au Minnesota, une petite ville située à environ 2 h 30 de route. Loni et Jim constatent alors que Chris est parti avec le fusil de chasse de son père. Cependant, il n'a emporté aucune munition avec lui… Sa famille, sous le choc, alerte tout de suite les autorités.

S'ensuit une intense course contre la montre pour tenter d'éviter l'irréparable.

Deux jours après sa disparition, le dimanche 22 avril, la Dodge Caravan bleue est retrouvée dans le comté d'Itasca, situé à 320 km de la maison des Kerze. À l'intérieur, on trouve les clés de la voiture et une note écrite par Christopher qui explique à qui appartient le véhicule. Christopher, lui, n'y est plus.

Dès le lundi suivant, une fouille intensive de la région est mise en place par les policiers. Des chiens renifleurs sont utilisés pour suivre l'odeur de Chris, sans résultat. Des affiches sont distribuées partout au Minnesota dans l'espoir de raviver les souvenirs de possibles témoins mais, encore une fois, cette stratégie ne donne rien. Christopher n'a jamais été retrouvé, ni l'arme à feu qu'il a emportée avec lui. Mais l'enquête a montré que le jour de sa disparition, il a retiré 200 $ de son compte de banque, ce qui représente presque tout ce qu'il possédait. Que planifiait-il de faire avec cet argent ? Est-ce que Chris s'est réellement suicidé ou a-t-il décidé de quitter sa famille et de refaire sa vie ailleurs ? Cela ne serait pas impossible. Chris était un jeune homme brillant, il aurait été capable de se rebâtir une vie dans une autre ville sans jamais se faire retrouver.

À MES YEUX...

Aux dires de ceux qui l'ont connu, Christopher avait tout de l'adolescent parfait. Ses parents ne s'inquiétaient jamais quand il sortait avec des amis ou lorsqu'il s'enfermait dans sa chambre. Ils savaient qu'ils pouvaient faire confiance à leur fils, en raison de sa

maturité et de son sens des responsabilités. Sa disparition est d'autant plus mystérieuse.
Pour ma part, je me demande ce qui l'aurait poussé à disparaître, d'une façon ou d'une autre. La pression sociale ? Son orientation sexuelle ? Une maladie mentale non diagnostiquée ? Par exemple, nous ignorons si Chris ressentait une pression de performance scolaire de la part de ses parents. Selon eux, ça n'a jamais été le cas. Christopher aimait exceller à l'école et le faisait par plaisir ! Mais est-ce que Loni et Jim connaissaient bien leur fils ?

Nous ne savons rien non plus de son orientation sexuelle. Est-il possible que Chris soit homosexuel et qu'il ait su que, dans son petit village du Minnesota, il n'aurait pas la liberté d'exprimer son identité et ses goûts ? Et qu'en est-il de la maladie mentale ? Est-ce que Chris souffrait de dépression, de bipolarité, de schizophrénie ? Il n'est pas rare que de tels troubles mentaux se développent à l'adolescence. Or, Chris n'a jamais présenté de symptôme pouvant porter ses parents à croire qu'il souffrait d'une telle maladie. L'adolescence est une période difficile pour tout le monde. On se remet en question, on a des doutes sur différents aspects de sa vie et bien souvent, on a beaucoup de secrets... Je me pose inlassablement cette question... Que se passait-il dans la tête de Chris ?

Quelques mois après sa disparition, la famille de Christopher a été contactée par une personne qui affirmait avoir fait monter Chris dans sa voiture le 21 ou 22 avril 1990. Le jeune homme faisait de l'autostop et a demandé à être conduit dans la ville de Duluth, Minnesota. On n'a jamais pu confirmer si c'était bien lui, mais le témoin en est sûr à 100 %. Cette histoire n'est pas insensée puisque la lettre de suicide de Christopher a été envoyée de la ville de Duluth.

En plus de ce témoignage troublant, la famille Kerze a commencé à recevoir des appels anonymes durant les mois suivants.

Chaque fois, la personne au bout du fil gardait le silence, mais on entendait toujours des bruits de fond, de la musique et des voix, comme si elle était dans une fête. Ces appels ont duré pendant six mois environ et ont brusquement cessé. Plus tard, le meilleur ami de Christopher a déclaré avoir reçu le même type d'appels pendant plusieurs mois. Loni est persuadée que ces appels provenaient de son fils, mais qu'il ne trouvait pas le courage de parler.

À MES YEUX…

J'ai l'impression que ce type d'appels est assez commun lorsqu'on parle de disparitions datant d'il y a plus de 20 ans. À l'époque, il était assez facile de trouver un numéro de téléphone dans un bottin téléphonique et de passer des appels anonymes sans être identifié par l'afficheur. Il n'est pas impossible qu'à certaines occasions, ce soit en effet la personne disparue qui appelle ses proches. Peut-être ressentait-elle le besoin d'entendre la voix de ses êtres chers. Peut-être que passer un appel était une façon pour la victime de démontrer qu'elle était encore en vie, sans pour autant dire où elle était cachée. Néanmoins, je suis sûre que dans la majorité des cas, ces appels n'étaient que des canulars de mauvais goût. Je me souviens que lorsque j'étais enfant, accompagnée de mes amies, je passais des soirées à faire des coups de téléphone à des inconnus.

Jamais je n'aurais pensé appeler les proches d'une personne disparue, évidemment ! Mais il y a de tout pour faire un monde, et beaucoup de gens prennent plaisir à profiter du malheur des autres.

En 2004, la police d'Eagan a reçu une lettre anonyme suggérant d'arrêter les recherches pour Christopher, qu'il reviendrait un jour à la maison quand il serait prêt. La lettre provenait de Seattle, et son auteur disait que Christopher était un « ange gardien ». Bien sûr, les policiers ont automatiquement conclu que c'était un canular. Mais de mon côté, je ne peux m'empêcher de me demander : *et si c'était vrai ?* Peut-être qu'actuellement, Chris est bien vivant dans une autre ville et qu'il y a longtemps qu'il a été retrouvé. Il est possible que les policiers l'aient identifié, qu'ils aient confirmé que c'était bien Christopher et qu'il était toujours vivant, mais que de son côté, Christopher, souhaitant préserver son anonymat, leur ait demandé de ne rien dire à ses parents. Christopher Kerze aurait maintenant 46 ans. Il aurait le droit de disparaître, rien ne l'obligerait à entrer en contact avec ses proches. Est-ce que la police est dans l'obligation d'alerter la famille Kerze ? La première fois que j'ai lu cette histoire, j'ai pensé que la police avait peut-être déjà retrouvé Christopher mais que, comme il souhaitait préserver son anonymat, la famille n'en a pas été informée. Mais après, j'ai pensé à toute la question de la bureaucratie. Si Christopher a été retrouvé, cette affaire ne serait plus un *cold case*, mais bien un dossier résolu, non ? Ainsi, il me semble que les parents devraient être au courant de l'état du dossier de leur fils... Je n'ai aucune idée de ce que les policiers sont tenus de faire dans une telle situation... Si vous avez la réponse à cette question, j'aimerais la connaître ! Est-ce possible que le jeune homme soit toujours en vie, loin de sa famille ? Est-ce qu'un jeune de 17 ans a la maturité suffisante pour se refaire une identité ?

De façon plus dramatique, il est possible aussi que Chris ait en effet été retrouvé il y a bien longtemps... mais décédé, et qu'il n'ait jamais pu être identifié. Peut-être que son crâne ou son fémur ont été découverts par les policiers mais que, sans pièce d'identité ou autre indice pour identifier ces restes humains, la disparition n'a jamais pu être reliée aux ossements retrouvés. Saviez-vous qu'à l'heure qu'il est, il y a 40 000 corps non identifiés aux États-Unis ? Autrement dit, ces corps ou ces ossements ont été découverts, mais on a dû les enterrer sans pouvoir leur donner un nom, un visage, un vécu. Et si Christopher faisait partie de ces 40 000 dépouilles ?

*

Aujourd'hui, les recherches pour retrouver Chris sont encore en place. L'année dernière, de nouvelles battues ont été organisées dans la région d'Itasca, au Minnesota, dans l'espoir de trouver un quelconque indice du sort qu'a connu Christopher Kerze. Une chose est sûre, ce jeune homme ne sera jamais oublié. Dans les années 1990, environ trois ans après la disparition de Chris, le groupe de musique Soul Asylum, du Minnesota, a sorti une chanson nommée *Runaway Train.* Dans le vidéoclip de cette chanson, plusieurs photos d'enfants disparus sont montrées au public dans le but d'aider à faire avancer ces *cold cases.*

Runaway train never going back
Wrong way on a one way track
Seems like I should be getting somewhere
Somehow, I'm neither here nor there.

Et à un moment, environ une minute avant la fin de la chanson, le visage de Chris apparaît.

J'ai fait le test. J'ai écouté la chanson au complet en regardant les quelques photos de Chris montrées au public. Et pour la première fois, j'ai ressenti toute l'anxiété qu'un adolescent peut vivre à 17 ans… Les peines d'amour, le premier baiser, les échecs scolaires, les joies passagères, la pression du futur, le regret de l'enfance... J'ai compris la douleur que Chris a pu vivre, le sentiment de désespoir, l'urgence de s'en aller... Je n'ai pas de difficulté à penser qu'il s'est emparé du fusil de chasse de son père et a décidé d'en finir avec sa vie, seul, dans les bois. Cela dit, j'aimerais quand même avoir tort.

S'il est bel et bien mort, je n'espère qu'une chose : qu'il soit retrouvé pour qu'il ait des funérailles dignes de ce nom. Pour qu'enfin, après 29 ans, il recouvre la paix.

CHAPITRE 11

Nathalie Champigny – Où est son corps ?

L'histoire qui suit est l'une des rares dont on pense connaître la fin. Si elle contient sa part d'incertitude, elle n'est pas aussi mystérieuse que celles que je raconte normalement. Je la qualifierais plutôt d'injuste et de décevante. L'affaire Nathalie Champigny est extrêmement frustrante parce que personne n'arrive à comprendre pourquoi le responsable probable de sa disparition est encore en liberté aujourd'hui. En effet, de forts soupçons pèsent sur un individu. Beaucoup sont convaincus de sa culpabilité : la police, ses parents, ses amis… et moi aussi. Si cette histoire me fâche autant, je n'ose même pas imaginer ce que sa famille peut ressentir. Arriverons-nous à rendre justice à Nathalie un jour ? J'espère qu'en racontant sa fin tragique, je réussirai à en réveiller quelques-uns ou à en culpabiliser d'autres. J'espère en tout cas interpeller les lecteurs sur son cas. Après tout, c'est le moins qu'on puisse faire pour Nathalie : partager son histoire. J'ai eu la chance à ce sujet de recevoir beaucoup d'aide de la part de son frère, Sabin Champigny. Vingt-six ans après l'événement, ce dernier est encore profondément touché par la disparition de sa sœur. Et que dire de ses parents… Mon plus grand souhait est qu'ils découvrent enfin le sort qu'a connu leur fille et qu'ils puissent faire leur deuil. Voici donc l'histoire telle que je la connais. Vous pourrez ainsi vous faire votre propre avis sur cette affaire.

Une jeune fille sans histoire

Cowansville est une petite ville plutôt calme et amicale, comptant à peine 13 000 habitants, où il ne se passe pas vraiment de crimes majeurs. Pour vous donner une idée, il y a quelques années, l'histoire qui défrayait la chronique était la disparition mystérieuse de plusieurs chats du voisinage… La rumeur courait qu'un tueur en série de chats rôdait dans les parages. Encore à ce jour, la disparition de Nathalie est l'histoire la plus traumatisante que Cowansville ait connue.

En 1992, Nathalie a 21 ans. C'est une jeune femme intelligente et belle qui sait attirer les regards. Sur ses photos, on peut admirer sa belle chevelure blonde et bouclée et ses yeux bleus perçants. Elle arbore un joli sourire timide, mais sincère. Il n'y a pas à dire, elle est magnifique. D'ailleurs, tous les garçons tombent amoureux d'elle. Elle reçoit tant de propositions de rendez-vous galants qu'elle en est mal à l'aise ! Car

Nathalie est en couple et elle est très fidèle. Malgré toute cette attention, elle parvient à rester humble et illumine son entourage avec sa simplicité et sa joie de vivre. Accessible et de nature sociable, elle n'a pas d'ennemis et s'entend bien avec tout le monde. Sabin la décrit comme souriante, ponctuelle, délicate, travaillante et réservée.

Nathalie est toujours prête à donner un coup de main à ses amies et à sa famille quand elles ont besoin d'aide.

C'est aussi une jeune femme stable qui semble posséder un grand contrôle sur sa propre vie. Elle travaille comme réceptionniste de soir à l'Auberge des Carrefours, un hôtel de Cowansville. Au travail, elle est décrite comme une femme très organisée, minutieuse et responsable. Elle est très douée pour manier l'argent et elle n'arrive jamais en retard. Moi qui ai aussi travaillé comme réceptionniste dans un hôtel, je peux confirmer que ce n'est pas fait pour tout le monde. Pour être une bonne réceptionniste, il faut posséder un bon sens de la repartie, bien présenter et être très organisé. Natalie possède toutes ces qualités.

Une relation toxique

La jeune femme a rencontré son petit ami, Kelly Whittier, à l'âge de 18 ans. Il en avait alors 21. Leur relation a duré trois ans, ce qui est plutôt long pour leur âge. Au départ, la famille de Nathalie avait du mal à accepter le jeune homme. Kelly Whittier, un ambulancier, avait déjà eu quelques démêlés avec la justice par le passé. Il avait été accusé de fraude et, selon les dossiers de la police, il aurait pu être l'auteur d'un incendie criminel ayant eu lieu deux ans auparavant dans un commerce de pneus dont il était copropriétaire. Malgré leur méfiance, aux yeux des membres de la famille de Nathalie, tout semblait bien aller dans leur couple. Bien sûr, Nathalie et Kelly se disputaient parfois, mais rien d'anormal pour des jeunes gens. Pourtant, comme ils l'apprendraient plus tard, la relation entre Nathalie et Kelly avait commencé à se détériorer au bout d'un certain temps. Kelly, de nature extrêmement possessive et jalouse, se rendait bien compte que sa petite amie pouvait avoir tous les hommes qu'elle souhaitait, et il ne l'acceptait pas.

Nathalie n'en pouvait plus de cette relation toxique. Elle était jeune, épanouie et indépendante, et voulait vivre sa jeunesse comme toutes les filles de son âge. C'est le mercredi 19 février 1992 qu'elle a donc décidé de rompre avec lui. Nathalie vivait avec Kelly en appartement. Après leur rupture, Kelly est retourné vivre chez ses parents, mais il a gardé les clés de l'appartement et a pris la fâcheuse habitude de se présenter chez Nathalie sans la prévenir.

Une fois, Nathalie s'est même réveillée au milieu de la nuit pour trouver Kelly couché à côté d'elle !

La jeune femme avait pourtant pris soin de prévenir Kelly que s'il avait besoin de quelque chose, il devait l'avertir avant d'entrer dans l'appartement. Mais rien à faire, il n'acceptait pas leur séparation. Cette situation était évidemment pénible pour Nathalie, qui a même confié à une collègue de travail que, parfois, Kelly l'effrayait. Quelque temps avant sa disparition, Nathalie avait donc décidé de retourner vivre chez ses parents pour une durée indéterminée. Elle se sentait plus en sécurité chez eux.

Ses proches l'ignoraient, mais la relation entre Nathalie et Kelly était empreinte de violence. Malheureusement, ce n'est qu'après la disparition de leur fille que les Champigny ont eu vent des comportements choquants de Kelly. Dans nos échanges de courriels, Sabin, le frère de Nathalie, m'en a appris un peu plus sur le sujet.

« Peu après la disparition de Nathalie, j'ai su par ses amies que Kelly l'avait beaucoup "brassée" et qu'il lui serrait très souvent les bras. Nous nous demandions pourquoi Nathalie portait toujours un gilet à col roulé et à manches longues ; c'est parce qu'elle avait des bleus aux bras et au cou. Un jour, elle est allée voir un médecin car elle avait une grosse bosse bleue sur un sein. Elle nous a dit que Kelly n'était pas responsable de cette bosse, mais on voyait bien que c'était lui. Elle était mal à l'aise de nous en parler. »

C'est horrible de penser que Nathalie a enduré autant de violence de la part de son conjoint sans avoir eu le courage d'en parler à sa famille. Si Kelly était capable de violenter sa petite amie, quelles étaient ses limites ?

Le dernier souper

Le samedi 22 février 1992, Kelly a donné rendez-vous à Nathalie au restaurant Le Relais situé à Lac-Brome, à une vingtaine de minutes de Cowansville. Pour les deux, le but de ce souper était de mettre un terme officiel à leur vie de couple, de se dire adieu pour de bon. Nathalie avait même prévu de déménager ses dernières affaires chez ses parents ce soir-là, mais elle a finalement préféré attendre au lendemain. Avant le souper, Nathalie s'est rendue au guichet automatique près de son travail afin d'y retirer 100 dollars, probablement pour payer elle-même sa part. C'est dans la voiture de Nathalie que les deux ex-amoureux se sont rendus au restaurant, où ils ont partagé leur dernier repas ensemble. Ensuite, ils sont retournés à l'appartement où, je présume, Kelly avait laissé sa voiture. Nathalie avait d'autres plans pour le reste de la soirée ; elle comptait se rendre dans un bar de Granby, Le Cabaret, pour y rejoindre son nouveau prétendant, Marco, un jeune homme qu'elle fréquentait depuis quelque temps. Vers 21 h, elle s'est de nouveau arrêtée au guichet automatique pour y retirer 200 dollars, probablement pour payer ses consommations au bar.

Mais Nathalie ne s'est jamais rendue au Cabaret.

Vers 1 h 30, dans la nuit du 22 au 23 février, Sabin et sa cousine prenaient un verre ensemble dans un restaurant du coin. Sabin m'a raconté que le temps était si mauvais cette nuit-là que l'hôtel où il travaillait avait fermé. C'était l'une de ces grosses tempêtes de neige qu'on connaît bien au Québec. Quinze minutes après leur arrivée, Kelly s'est présenté au même restaurant, accompagné d'un ami, et ils se sont assis avec Sabin et sa cousine. Sabin a demandé à Kelly pourquoi il était là ; n'était-il pas censé être avec sa sœur ? Kelly lui a répondu d'une voix dégoûtée que Nathalie était partie à Granby rejoindre son nouvel ami Marco.

Le lundi suivant, le 24 février, quand Nathalie n'est pas entrée travailler à 15 h, sa collègue de travail s'est tout de suite inquiétée. Ce n'était pas dans les habitudes de son amie d'être en retard. Les rares fois où ça arrivait, Nathalie appelait toujours pour prévenir. Les collègues de l'hôtel ont donc appelé Marco pour lui demander s'il savait où elle était. Il n'en avait aucune idée. Lui-même s'inquiétait, puisqu'ils s'étaient donné rendez-vous au bar de Granby le samedi soir et qu'elle n'était pas allée le rejoindre comme prévu. Vers 16 h, les parents de Nathalie ont été contactés par l'hôtel. Connaissant la ponctualité de leur fille, ils ont eux aussi tout de suite été alarmés. Depuis 48 heures, personne n'avait eu de ses nouvelles. Où pouvait-elle bien être ?

Rose-Ange et Louis-Georges Champigny, les parents de Nathalie, ont commencé à contacter toutes ses amies. Étrangement, aucune ne lui avait parlé depuis quelques jours déjà. À un moment dans la soirée, Kelly s'est présenté chez les Champigny pour leur donner un coup de main dans leurs recherches. Lui aussi disait s'inquiéter pour elle. Pendant que Kelly cherchait les numéros de téléphone dans le bottin, Mme Champigny appelait toutes les connaissances auxquelles elle pouvait penser. Après une vingtaine de coups de fil, les parents de Nathalie ont dû se faire à l'idée que leur fille avait disparu.

Quand les policiers de Cowansville ont été avisés de sa disparition, ils ont immédiatement pensé à l'hypothèse de la fugue. Difficile de faire autrement : une jeune femme de 21 ans venant de vivre une rupture amoureuse disparaît sans aviser personne et, cerise sur le gâteau, elle a retiré 300 $ du guichet automatique avant de disparaître. Ça ressemble drôlement à une fugue. Mais les proches de Nathalie, qui la connaissaient très bien, savaient que ce n'était pas possible. Elle était tellement proche de sa famille, jamais elle ne partirait sans l'aviser ! Mais les policiers croyaient fermement qu'elle finirait par revenir ; ça a donc été assez long avant que les recherches soient officiellement lancées. Pour Rose-Ange et Louis-Georges, la question ne se posait même pas. Ils ont donc entamé les recherches de leur côté. Kelly, lui, n'était pas d'une grande aide. Il jurait n'avoir aucune idée de ce qui pouvait être arrivé à Nathalie. Il continuait à affirmer qu'après leur souper du samedi soir, Nathalie était partie pour le bar de Granby alors que lui était resté à l'appartement. Fin de l'histoire. Pourtant, Marco affirmait que Nathalie n'est jamais allée le rejoindre au bar comme prévu.

Kelly, à ce moment-là, ne cessait de répéter les mêmes propos étranges aux parents de Nathalie : « Vous connaissez mal votre fille. » Que voulait-il dire par là ?

Des aveux ?

Cowansville et Lac-Brome ont été fouillés en long et en large par les proches de Nathalie, à la recherche d'un indice quelconque, un vêtement, une trace de pas, n'importe quoi pouvant les aider à retrouver la jeune femme. Finalement, Kelly s'est montré très actif dans ces recherches. Il distribuait la photo de Nathalie dans divers commerces du coin et appelait constamment ses parents pour prendre des nouvelles sur les avancées des recherches. Les Champigny, ayant confiance en leur ancien gendre, lui faisaient part de tous les détails de l'enquête. Cette confiance s'est maintenue durant la première semaine suivant la disparition de Nathalie ; ensuite, les choses ont changé. Sabin se rappellera toujours ce moment, décisif pour lui, alors qu'il roulait en voiture avec Kelly le samedi suivant la disparition de Nathalie. Les deux hommes fouillaient les rues du quartier, accompagnés de deux amis de Sabin. À un certain moment, en s'approchant d'un endroit en particulier, Kelly a eu une drôle de réaction. C'était un grand terrain de Cowansville que Kelly connaissait bien, il avait l'habitude d'y jouer quand il était enfant. Ils se sont garés sur le bord de la route et les quatre hommes s'apprêtaient à sortir de la voiture quand Kelly a dit :

> *« Si on trouve Nathalie ici, c'est sûr*
> *que je vais être arrêté pour meurtre. »*

Sabin a reçu cette phrase comme un coup de poing au visage. Il a répondu à Kelly : « Sais-tu ce que tu viens de me dire ? » Kelly n'a rien dit de plus, il est resté silencieux. Accompagné de ses amis, Sabin a quand même décidé de sortir de la voiture pour fouiller le secteur. Kelly, lui, ne voulait pas sortir de l'auto, il disait qu'il avait trop froid. Alors qu'ils marchaient dans la neige, l'ami de Sabin lui a fait remarquer : « Regarde, les lumières de freins de la voiture sont toujours allumées. » Kelly n'avait même pas pris la peine de mettre la voiture sur *park*, il avait le pied sur le frein, prêt à toute éventualité. Kelly pensait-il que Nathalie allait être retrouvée ce jour-là ? Gardait-il le pied sur le frein de la voiture pour partir si la situation tournait mal pour lui ? Pour Sabin en tout cas, cette phrase a été la confession qu'il avait besoin d'entendre. Sa sœur avait été assassinée, par nul autre que son ex-petit ami.

Le lendemain, il s'est présenté au poste de police pour rapporter les propos de Kelly. Les policiers ont rencontré les deux autres hommes présents dans la voiture. Malheureusement, comme ils n'ont pas su dire mot pour mot ce que Kelly avait dit, les inspecteurs n'ont pas pu prendre cette confession au sérieux. Les policiers avaient besoin d'un deuxième témoin qui puisse corroborer les dires de Sabin. C'est compréhensible : il y avait là un conflit d'intérêts. Le frère de la victime venait de recevoir une confession de l'ex-petit ami de celle-ci. C'est difficile de baser une accusation formelle sur un tel élément. Par la suite, ce terrain, qui terrorisait Kelly, a été fouillé à plusieurs reprises, mais malheureusement, rien n'y a été trouvé. Cependant, pour la famille de Nathalie, il n'y a aucun doute que quelque chose d'horrible avait eu lieu à cet endroit, et que Kelly en était le coupable.

À MES YEUX...

Si c'est bien ce qui est arrivé, si Kelly a bel et bien tué Nathalie, je me demande comment il a pu disposer du corps de sa victime. En plein mois de février, au Québec, il devait faire autour de – 10 degrés Celsius, si ce n'est pas plus froid. Il est évident qu'il ne l'a pas enterrée. L'aurait-il brûlée ? J'en doute aussi. Et il ne faut pas oublier la tempête ce soir-là. Je me demande s'il aurait réellement pu se rendre aussi loin. Alors, où est Nathalie ?

Quelques semaines après la disparition de Nathalie, la police de Cowansville a légué l'affaire à la Sûreté du Québec, la police nationale québécoise. Les nouveaux enquêteurs, quatre hommes d'expérience, ont décidé d'emblée de rencontrer l'un des personnages clés de l'affaire : Kelly Whittier. Le 14 mars 1992, ils ont demandé à l'ex-petit ami de Nathalie de passer le test du polygraphe. Sous la pression des policiers et des soupçons qui pesaient contre lui, Kelly a craqué et a avoué son crime. Il avait étranglé Nathalie et s'était débarrassé de son corps à Omerville, à plus d'une heure de Cowansville.

Selon Kelly, c'est après leur rencontre au restaurant qu'il serait passé à l'acte. Ce soir-là, il n'avait qu'une idée en tête : reprendre la relation là où ils l'avaient laissée. Après le souper, il a tenté de convaincre Nathalie de revenir sur sa décision et de retourner vivre avec lui à l'appartement. Quand elle a refusé, il était tellement fâché qu'il a donné un coup de poing dans la fenêtre de l'auto du côté passager et la vitre a éclaté. On pense que c'est dans cet accès de fureur qu'il aurait tué Nathalie. Ensuite, entre 22 h 30 et 23 h, il aurait conduit jusqu'à Omerville, près de Magog, et se serait arrêté près d'un camion poubelle stationné à la station-service Irving, en bordure de l'autoroute. Pendant l'absence du conducteur, Kelly en aurait profité pour dissimuler le corps de Nathalie dans le camion à ordures.

L'enquête s'enlise

Cette confession aurait dû servir à mettre en branle la justice. Malheureusement, à cause d'une procédure mal faite, ces aveux n'ont pas pu être retenus. En effet, selon la loi, les policiers sont obligés de relâcher le suspect après quatre heures d'interrogatoire. Kelly aurait donc dû être relâché après sa déposition, mais ça n'a pas été le cas. Ainsi, sa confession pour meurtre n'était plus considérée comme valide.

Néanmoins, la voiture de Nathalie ainsi que celle de Kelly ont été passées au peigne fin par les policiers. Mais comme l'affaire a été longue à démarrer, au moment de fouiller les voitures, aucune preuve n'a pu être recueillie. J'imagine que si Kelly était bien le coupable, il a eu amplement le temps de bien nettoyer les deux voitures de fond en comble.

Bizarrement, le conducteur du camion poubelle n'a jamais été retrouvé, malgré les nombreuses recherches et les différents appels à témoins publiés un peu partout dans la province. Les dépotoirs de la région ont été fouillés en profondeur, sans résultat. Autre détail perturbant : le soir du 22 février, il y avait une grosse tempête au Québec, et plus de 50 cm de neige ont enseveli Cowansville. Avec les routes enneigées et la visibilité réduite, il est difficile de croire que Kelly aurait conduit pendant une heure sur l'autoroute 10 avec le cadavre de sa petite amie dans le coffre. Difficile à croire, certes ; mais pas impossible.

Le matin du 16 mars 1992, Kelly comparaissait finalement devant la justice. La salle était pleine à craquer. Tous les proches de Nathalie attendaient de savoir de quoi Kelly serait formellement accusé, espérant que ce soit de meurtre. Mais, plus important encore, sauraient-ils enfin ce qui était arrivé à Nathalie ?

Lorsque le juge a lu les accusations portées contre Kelly Whittier, un cri de stupeur s'est fait entendre dans la salle.

Il n'était pas accusé de meurtre ; seulement d'entrave au travail des policiers, pour avoir demandé à l'un de ses amis de mentir et d'affirmer qu'il était avec lui entre 21 h 30 et minuit le soir du 22 février.

Point. Une accusation mineure, banale, qui lui vaudrait une sentence de quelques mois, voire de quelques semaines seulement ! Ce jour-là, Kelly est sorti du palais de justice soulagé. Pour le système québécois, c'est assez simple : le juge ne pouvait pas accuser Kelly de meurtre s'il n'avait qu'une confession hâtive et confuse comme preuve. Après cette journée fatidique, Kelly s'est rétracté et a affirmé avoir avoué sous pression. Sans cadavre, sans scène de crime, sans éléments tangibles, on ne pouvait pas l'arrêter. Par la suite, les pistes se sont refroidies et l'enquête est tombée à plat.

*

Aujourd'hui, Nathalie est encore portée disparue et ses proches sont toujours à sa recherche. Rose-Ange et Louis-Georges pensent que les restes de leur fille sont enfouis quelque part à Cowansville. Mais où ? On s'imagine très bien la fin tragique qu'a connue Nathalie, mais il reste à savoir comment c'est arrivé. Est-ce que Kelly a dit la vérité ? Aurait-il été capable d'étrangler de sang-froid la femme qu'il aimait ? Aujourd'hui, Kelly Whittier est en liberté quelque part au Québec. Il continue à exercer le métier d'ambulancier et à vivre sa vie comme si de rien n'était, une chance que Nathalie n'a jamais eue. Elle n'a jamais pu se marier, donner naissance à son premier enfant, trouver sa carrière, mais surtout, elle n'a pas pu mourir dans la dignité. La mémoire de la jeune femme continue à vivre grâce à la Fondation Nathalie Champigny, mise en place par sa famille. La fondation, un organisme à but non lucratif, a pour mission de donner un coup de main aux familles de personnes disparues. Je crois qu'il n'y a pas de meilleure façon d'honorer la mémoire de Nathalie. Allez jeter un coup d'œil au site www.fondationnathaliechampigny.com et surtout, à la page Facebook gérée par Sabin. Il faut faire sortir cette histoire des *cold cases* et la raviver ! Nathalie mérite qu'on parle d'elle, qu'on se batte pour savoir ce qui lui est arrivé.

CHAPITRE 12

Brandon Lawson – Un appel de détresse

Il est 23 h 53, le jeudi 8 août 2013, quand Brandon Lawson quitte sa maison en colère. Sa conjointe Ladessa et lui viennent d'avoir une dispute amère et il a besoin de prendre l'air. Brandon monte dans sa camionnette en emportant avec lui son porte-monnaie, son téléphone et son chargeur. Il ne dit pas à Ladessa où il va : il est trop fâché. Après dix ans de vie commune et quatre enfants, se disputer est devenu une habitude pour eux. Mais ils finissent bien vite par se réconcilier. Seulement, cette fois-ci, Brandon a besoin de partir, il ne peut supporter de rester à la maison. Il fait démarrer sa voiture et file sur la route. Malgré l'heure tardive, il appelle son père, Brad, pour lui demander s'il peut aller dormir chez lui. Brad, surpris, demande à son fils si tout va bien. Après tout, il vit dans la ville de Crowley, à trois heures de route de chez Brandon. Il est minuit, c'est une bien mauvaise idée pour son fils de conduire aussi longtemps à cette heure. Brandon explique à son père qu'il a eu une dispute avec Ladessa et qu'il souhaite dormir ailleurs ce soir. Brad presse son fils de retourner à la maison et d'arranger les choses avec sa conjointe, mais Brandon ignore ses conseils et continue son chemin. Sur la route, c'est le noir total, une nuit d'été aride et sombre comme on a l'habitude d'en voir au Texas. Et Brandon n'a presque plus d'essence dans le réservoir de sa camionnette.

Un premier amour

Brandon a vécu toute sa vie à Crowley, au Texas, mais en 2012, il déménage avec sa famille à San Angelo, dans le même État. Le couple a trois enfants ensemble. La jeune Mackenzie, la fille de Brandon née d'une autre union, vit également avec eux. Brandon est un bon père de famille et un conjoint fidèle. Ses amis le décrivent comme un homme respectueux et toujours de bonne humeur. Ladessa et lui ne sont pas mariés, mais ils projettent d'officialiser leur union lorsqu'ils termineront de payer leurs dettes. Brandon a un emploi d'ouvrier dans un champ pétrolier pour la compagnie Renegade Oil Services. Il travaille fort et fait beaucoup d'heures supplémentaires pour subvenir aux besoins de sa famille. Au moment de sa disparition, il est en plein processus d'embauche pour un autre emploi. Il vient tout juste de passer les tests de drogue exigés par la compagnie et heureusement, les résultats ont été négatifs. Il faut savoir que dans le passé, Brandon a eu des problèmes de consommation de méthamphétamine, une drogue assez commune dans la région. Sa dépendance était grave, au point d'avoir déjà fait une surdose. Mais Brandon avait réussi à se défaire de cette mauvaise habitude, et n'avait rien consommé depuis six mois. Ladessa espérait que son conjoint obtienne ce nouvel emploi, plus stable et mieux payé. Pour une jeune famille de six, ce n'était pas de refus.

Brandon Lawson et Ladessa Lofton se sont rencontrés à l'école secondaire. Il avait 16 ans et elle, 15. Le coup de foudre a été instantané. Dix ans plus tard, le couple a évolué, mais ils sont aussi amoureux qu'au premier jour. Sur les nombreuses photos d'eux, au-delà des différentes poses et coupes de cheveux, une chose ne change jamais : le large sourire de Brandon. Ladessa, elle, a toujours l'air amoureuse et heureuse. Brandon est un beau jeune homme de 1 m 80, à la stature plutôt carrée (il pèse 104 kg). Avec ses nombreux tatouages et son perçage à l'oreille, il a un style plutôt *bad boy*. Ladessa, une belle femme à la peau très pâle et aux cheveux châtains, a un style un peu plus classique.

Depuis quelque temps, le couple vivait une période plus stressante qu'à l'habitude. Ça faisait seulement un an que Brandon et Ladessa avaient déménagé dans leur nouvelle maison. Un changement de ville, un nouvel emploi, des factures à payer… Il n'y avait pas de raison particulière aux disputes, c'était plutôt le stress de la vie quotidienne qui s'était accumulé jusqu'à l'implosion. Ladessa a expliqué plus tard que ce jeudi soir d'août, elle s'était fâchée contre Brandon parce que la veille, il n'était pas rentré coucher à la maison. Il était sorti faire la fête avec ses amis pendant que Ladessa, épuisée, était au chevet de leur plus jeune fils, qui souffrait d'une double otite. Lorsque Brandon passait des nuits à l'extérieur et ne rentrait pas dormir, je suppose qu'il y avait toujours une voix à l'intérieur d'elle qui lui disait : « Et s'il avait recommencé à consommer ? » Cette fois-ci, Ladessa n'avait pas tort. La veille, Brandon avait réussi à obtenir un peu de meth de l'un de ses amis, Chris, et ensemble, les hommes avaient passé la soirée à fumer.

Dans le désert

Brandon est maintenant sur l'autoroute 277. Il passe devant une station-service, mais ne s'y arrête pas pour faire le plein. Pourquoi ? Il doit bien avoir vu que son réservoir était presque vide ! La distance entre la station-service de San Angelo et la prochaine, celle de Bronte, est de 53 kilomètres. Peut-être croit-il pouvoir se rendre à destination avec le peu d'essence qu'il a encore ? Peut-être est-il tellement énervé qu'il oublie de s'arrêter ? C'est en tout cas une grave erreur de sa part. Sur les autoroutes du Texas, les stations-service sont très rares, souvent espacées de plusieurs dizaines de kilomètres. Il est donc imprudent de s'engager sur l'autoroute avec une réserve d'essence presque vide. Brandon a vécu toute sa vie au Texas ; il doit le savoir. Pourtant, il ne s'arrête pas.

Quelques minutes plus tard, le téléphone de Brandon sonne. C'est Ladessa qui est au bout du fil. Ça fait environ cinq minutes que Brandon a quitté la maison et elle l'appelle déjà pour s'excuser et tenter de se réconcilier. Le couple ne reste jamais fâché bien longtemps, il y en a toujours un qui s'excuse avant que les choses aient le temps de s'envenimer. Mais cette fois-ci, Brandon, encore fâché, n'accepte pas les excuses de Ladessa aussi facilement. J'ignore ce qui s'est dit durant l'appel, mais je peux imaginer le scénario suivant : Brandon explique à Ladessa qu'il est en direction de Crowley et qu'il va passer la nuit chez son père. Ladessa, plus raisonnable, lui propose de faire marche arrière et d'aller dormir chez son frère Kyle qui vit dans la même rue qu'eux. Évidemment, Ladessa préfère que Brandon revienne dormir à la maison, mais elle comprend qu'il ait besoin de temps pour lui. Elle réplique sûrement quelque chose du style : « Ne fais pas le con, va chez Kyle plutôt que de conduire pendant trois heures ! » En tout cas, après avoir parlé avec Ladessa, Brandon appelle son frère Kyle pour lui raconter leur dispute. Il semble en panique et affirme qu'il est poursuivi par des Mexicains que Ladessa aurait envoyés après lui. Kyle ne comprend pas. « Des Mexicains ? Quels Mexicains ? » Brandon a raccroché.

Une vingtaine de minutes plus tard, Brandon rappelle finalement Ladessa. Il tente de la joindre à deux reprises, à 00 h 34 et à 00 h 36, mais elle ne répond pas. À 00 h 38, Brandon appelle Kyle pour lui dire que sa voiture est tombée en panne. Il a manqué d'essence sur l'autoroute 277, entre San Angelo et Bronte, et a besoin que Kyle vienne lui porter un bidon d'essence. Kyle assure à son frère qu'il s'occupera du problème et s'empresse d'appeler Ladessa pour l'informer de la situation. Cette fois-ci, elle répond.

À MES YEUX…

Les enquêteurs se sont interrogés sur le fait que Ladessa ignore les appels de son conjoint mais qu'elle réponde à son beau-frère quelques minutes plus tard. De mon côté, j'ai une réponse très simple à leurs questionnements. Je peux dire en toute certitude qu'il nous est tous déjà arrivé, à un moment ou à un autre, de nous disputer avec notre conjoint(e) et d'ignorer ses appels par la suite. Je crois que c'est ce que Ladessa a fait, quand Brandon l'a appelée : elle a pris le téléphone entre ses mains, a jeté un rapide coup d'œil. En voyant le nom de son conjoint sur l'afficheur, elle a redéposé son téléphone en roulant des yeux. « Ça lui apprendra à ne pas accepter mes excuses ! » Ça peut sembler méchant ou vindicatif, mais Ladessa ne pouvait pas savoir que son conjoint était tombé en panne et qu'il avait besoin de son aide. Elle voulait seulement lui montrer qu'elle était blessée par leur dispute.

Ladessa s'entend avec Kyle pour qu'il vienne chercher le bidon vide qu'elle a chez elle pour ensuite aller le remplir à la station-service et, finalement, aller dépanner Brandon. Ladessa, avec les quatre enfants endormis, ne peut évidemment pas quitter la maison. De plus, elle est dans son bain et se prépare à aller dormir. Elle propose donc à son beau-frère de laisser le bidon sur le porche pour qu'il vienne le récupérer. Elle l'avertit aussi que son téléphone portable commence à manquer de batterie et qu'elle doit le mettre à charger dans la voiture, puisque Brandon est parti avec le seul chargeur de la maison.

À 00 h 45, Kyle, accompagné de sa femme Audrey, part récupérer le bidon. Alors qu'il est en route, Brandon l'appelle à plusieurs reprises, lançant à peine quelques mots avant de raccrocher subitement. Pour Kyle, il est évident que son frère ne va pas bien. Rendu à la station-service, Kyle se rend compte qu'il n'a plus d'argent dans son compte en banque : l'argent qu'il attendait n'avait pas encore été déposé. Audrey n'avait sans doute pas d'argent sur elle non plus, puisqu'ils élaborent le nouveau plan d'aller chercher Brandon et de revenir tous ensemble à la station-service acheter l'essence, pour ensuite se rendre à la camionnette.

Entre-temps, à 00 h 48, Brandon a réessayé d'appeler Ladessa. À trois reprises. Évidemment, comme son téléphone était dans la voiture, elle n'a pas répondu.

Huit minutes plus tard, Brandon compose le 911.
Un appel de 43 secondes qui laissera
perplexe le monde entier.

Un appel effrayant

L'appel de Brandon est disponible sur YouTube, en version originale, en accéléré et au ralenti. Il a été longuement décortiqué et analysé par les internautes mais, d'une version à l'autre, les gens entendent des choses différentes. Car Brandon semble avoir été dans un état de panique au moment de l'appel : il parle plus vite qu'à l'habitude, articule mal et, à plusieurs moments, ses mots sont inintelligibles et laissent la place à plusieurs interprétations. Plusieurs pensent que Brandon était en train de fuir quelque chose ou quelqu'un, qu'il était sur le mode main libre et parlait en courant, car sa voix paraît lointaine et il semble essoufflé par moments. Son accent texan n'aide pas non plus la compréhension, même Ladessa, sa conjointe de dix ans, n'est pas arrivée à déchiffrer complètement l'appel. Encore aujourd'hui, six ans plus tard, on ne peut pas être sûr à 100 % de ce qui a été dit la nuit du 8 août 2013. Il existe plusieurs transcriptions de cet appel. Je retransmets ici la version considérée comme officielle, ou du moins celle qui est publiée sur le site consacré à Brandon : http://www.missingbrandonlawson.com. Dans ma traduction, j'ai tenté de conserver le sens des mots utilisés par Brandon. Les mots inintelligibles et les interprétations possibles sont entre crochets.

Opératrice : *911, quelle est votre urgence ?*

Brandon : *Oui, je suis au milieu d'un champ [inintelligible, le mot sonne comme* straper*] vient de pousser des gars. On est en direction d'Abilene* *des deux côtés. Ma camionnette a manqué d'essence. Il y a une voiture [ou : il y a un gars] ici qui a été pourchassé dans la forêt [ou : qui ME pourchasse dans la forêt]. Dépêchez-vous s'il vous plaît !*

Kyle affirme que son frère a dit « *State Trooper* », mot qui désigne un policier d'État, mais que l'appel a coupé un peu, donc qu'on entend le mot « *Straper* ». On pense que Brandon peut vouloir dire qu'il est poursuivi dans la forêt par les policiers ou par d'autres personnes qu'il a rencontrées. Cette partie est très confuse, mais il est évident que Brandon sentait qu'il était en danger et qu'il avait besoin d'aide.

Opératrice : *OK, réexpliquez-moi encore une fois.*

L'opératrice ne semble pas avoir compris elle non plus. Brandon parle très vite et il est en état de panique. Elle garde son calme et lui demande de répéter.

Brandon : *On ne leur parle pas. Je les ai croisés par accident.*

Ici, il y a deux théories. Certains pensent que Brandon s'adresse à une personne qui serait près de lui plutôt qu'à l'opératrice. D'autres pensent qu'il s'adresse à l'opératrice. Sur l'appel, Brandon dit : « *I ran into them* ». En anglais, *to run into someone* peut vouloir dire croiser quelqu'un par hasard. Il est difficile de comprendre ce que Brandon veut dire. On ne sait pas non plus qui sont ces « ils ».

> **Opératrice :** *Oh, vous les avez croisés ? OK.*

Quand l'opératrice entend « *I ran into them* », elle semble comprendre enfin ce que veut dire Brandon puisqu'elle émet un « ohhhh ». Elle croit sans doute qu'il a frappé quelqu'un avec sa voiture et que l'appel au 911 est passé dans le but de déclarer un accident de voiture.

> **Brandon :** *[inintelligible] le premier gars.*

> **Opératrice :** *Avez-vous besoin d'une ambulance ?*

> **Brandon :** *Ouais... Non ! J'ai besoin de la police.*

Brandon dit « *yeah* » rapidement quand elle demande s'il a besoin d'une ambulance, ensuite il se reprend en disant qu'il a plutôt besoin de la police. Certains pensent qu'une autre personne derrière Brandon aurait prononcé le « *yeah* », je crois plutôt que Brandon l'a sorti comme un automatisme, puisque les Américains utilisent fréquemment ce mot.

> **Opératrice :** *Est-ce qu'il y a des blessés ?*

> **Brandon :** *[respirations]*

Plusieurs ont spéculé qu'à ce moment, on entend des coups de feu. Kyle a récemment démenti cette théorie. Non loin de cet endroit, il y a un viaduc qui fait énormément de bruit lorsque des camions passent dessus. Ce serait le bruit qu'on entend.

Opératrice : *Allô ? Allô ? Allô ?*

Fin de l'appel.

À MES YEUX...

Cet enregistrement est extrêmement troublant. D'abord, Brandon ne semble pas être dans son état normal. À mon avis, il est clairement en danger et il a besoin rapidement de la police. Mais aussi, étrangement, la famille de Brandon n'a pu avoir accès à cet enregistrement que cinq mois après la disparition. Pourquoi la police a-t-elle attendu aussi longtemps ? Pourrait-on penser qu'elle avait quelque chose à cacher ? Ces quelques phrases sont les dernières de Brandon avant sa disparition. Des internautes ont théorisé que, peut-être, l'appel au 911 a été coupé avant d'être rendu public.

En effet, il semble étrange qu'à aucun moment l'opératrice ne demande à Brandon son nom ou plus de détails sur sa localisation exacte, des détails importants lors d'un appel de détresse. Mais les enquêteurs affirment que cet appel est entier et qu'il n'a pas été modifié. Brandon est tombé en panne sur l'autoroute dans le comté de Coke. Comme c'est une petite ville de moins de 4 000 habitants, où les appels d'urgence sont rares, il n'y a pas d'opérateur 911 en service. C'est plutôt l'infirmière de service d'une maison de retraite de la ville qui les reçoit. Cela pourrait donc expliquer le manque d'expérience de l'opératrice, qui oublie de demander à Brandon des informations qui sont, à mon sens, essentielles.

Quatre minutes à peine après cet appel, un motocycliste passant par là aperçoit la camionnette de Brandon abandonnée sur le bord de l'autoroute. Elle est stationnée en travers de la route, ce qui peut facilement causer un accident. Il appelle donc le 911 pour informer du danger.

Où est Brandon ?

À 1 h 10, Kyle et Audrey arrivent enfin à la camionnette de Brandon. Les policiers du comté de Coke débarquent en même temps sur les lieux. Il n'y a rien d'anormal à déclarer. Pas de voiture suspecte, l'autoroute est complètement déserte, à part le véhicule en travers. Mais son propriétaire, lui, est introuvable. Quelques secondes plus tard, Brandon appelle Kyle pour lui demander où il est, s'il arrive bientôt. Kyle lui répond qu'Audrey et lui sont en train de se stationner. Brandon lui dit de se dépêcher, parce qu'il saigne.

Kyle et Audrey, ignorant que Brandon avait auparavant contacté les autorités, présument que Brandon a déserté le site pour se cacher de la police. Après tout, en 2005, Brandon avait été arrêté pour possession de drogue, il avait écopé d'une amende salée et d'un casier judiciaire. Par la suite, il avait fait de la prison à trois reprises pour des histoires de drogues. Kyle imagine que Brandon ne veut pas parler aux policiers à cause de son passé criminel et qu'il est allé se cacher dans les buissons en bordure de l'autoroute. Alors qu'il sort de l'auto et s'apprête à parler au policier présent sur les lieux, il reçoit un nouvel appel de son frère pour lui demander s'il est arrivé. Cet appel a également de quoi laisser perplexe. Je vais vous le traduire selon les souvenirs de Kyle.

Brandon : *Tu es où ?*

Kyle : *Je suis ici, à ta voiture. Toi, tu es où ?*

Brandon : *Je suis juste ici, je te vois.* One time run ! *[Expression argotique invitant à courir parce que les policiers sont proches]*

Kyle : *Je ne vais pas courir, je n'ai rien fait de mal.*

Brandon : *Où est ta fierté, fils de pute ?*

Après ces paroles, Brandon a raccroché.

Pourquoi Brandon dit-il : « *One time run* » ? C'est pourtant lui qui a appelé quelques minutes avant pour demander l'aide de la police.

Audrey s'empresse d'envoyer un message texte à son beau-frère : « La police est à ton auto. » Brandon ne répond pas. Kyle explique à l'agent Neal que Brandon a manqué d'essence et qu'ils se sont entendus pour qu'il vienne lui donner un coup de main, mais qu'il ignore où Brandon peut bien être. Le policier procède à une fouille rapide de la camionnette dont les portes sont déverrouillées. Il ne constate aucun dommage. En revanche, Brandon a emporté ses clés d'auto et son portefeuille avec lui. Comme le véhicule est en travers de l'autoroute, le policier prend soin d'allumer les phares intermittents et d'appeler une remorqueuse pour qu'elle vienne le récupérer dès le lendemain matin, à 8 h 30. Kyle n'a pas voulu dire au policier que Brandon l'a appelé en disant qu'il saignait. Il ne pensait pas que c'était grave. Comme il n'y a pas d'accident à déclarer, l'agent Neal quitte ensuite les lieux.

Kyle et Audrey commencent à s'inquiéter.
Ils continuent d'essayer de contacter
Brandon, mais celui-ci ne répond plus.

Ils se mettent donc à inspecter les boisés près de l'autoroute en criant à Brandon que les policiers sont partis, qu'il peut maintenant sortir de sa cachette. Mais personne ne leur répond. À bord de son véhicule, le couple fait donc quelques allers-retours sur l'autoroute, au cas où Brandon aurait décidé de marcher jusqu'à la station-service la plus proche. Mais rien. À 3 h du matin, ils décident d'arrêter les recherches et de retourner chez eux. Avant de partir, Kyle laisse le bidon d'essence dans le coffre de la voiture de Brandon, au cas où il en aurait besoin. Il a de toute façon prévu de revenir sur les lieux le lendemain matin. En route vers chez lui, il tente de joindre Ladessa pour l'informer qu'il n'a pas pu trouver Brandon, mais elle ne répond pas. Ce n'est qu'à 4 h 30 qu'elle va chercher son téléphone dans sa voiture et qu'elle comprend, en voyant les nombreux appels manqués de Brandon et de Kyle, que quelque chose cloche. À 5 h, elle téléphone à la police pour savoir si son conjoint a été retrouvé.

Le lendemain matin, à 7 h, Kyle retourne à la camionnette de Brandon pour constater qu'elle n'a pas bougé depuis la veille. À 8 h 30, elle est remorquée, mais son propriétaire reste introuvable. C'est comme s'il s'était complètement volatilisé. Kyle appelle l'agent Neal pour l'informer que son frère n'a pas réapparu et il lui précise que, la veille, Brandon lui a dit qu'il était dans un champ près de l'autoroute et qu'il saignait. L'agent et les proches de Kyle procèdent aux recherches dans les terrains proches de l'autoroute 277, mais malheureusement, il n'y a aucune trace du jeune homme.

Ce n'est que le 13 août que Brandon Lawson est officiellement porté disparu et que les véritables recherches commencent. Des professionnels ainsi que des centaines de volontaires couvrent plus de 1 000 hectares pour le retrouver. Des chiens renifleurs parcourent la région pendant des jours. Des recherches aériennes sont également effectuées. Mais rien. Brandon n'a jamais été retrouvé.

Que lui est-il arrivé ?

À la suite de la disparition de Brandon Lawson, le Web s'est enflammé et de nombreuses théories ont tenté d'élucider ce mystère.

Comme dans toute histoire de disparition, il existe l'hypothèse que Brandon aurait orchestré le tout afin de refaire sa vie. D'ailleurs, au départ, les policiers ont cru que Brandon finirait par revenir à la maison, c'est pourquoi ils ont attendu quatre jours avant de le déclarer disparu officiellement. Pourtant, depuis la nuit du 9 août, le téléphone cellulaire de Brandon n'a jamais été rallumé. Aucune transaction bancaire n'a été effectuée sur son compte. Aurait-il réellement pu effacer toute trace de son existence ? Il ne faut pas oublier que Brandon n'avait aucune raison de quitter la femme de sa vie, ses enfants, sa famille. Il avait de beaux projets à venir avec son mariage et son nouvel emploi. Et puis, il me semble que s'il avait voulu quitter sa routine et refaire sa vie ailleurs, il n'aurait pas appelé la police ! Vous conviendrez comme moi que cette théorie n'est guère plausible.

Plusieurs internautes croient que Brandon aurait peut-être recommencé à consommer de la drogue et qu'il était en pleine psychose lorsqu'il a appelé le 911. Cette théorie n'est pas à écarter. Le fait que, ce soir-là, Brandon était prêt à conduire pendant trois heures au beau milieu de la nuit pourrait être l'un des nombreux effets de la drogue. Avait-il consommé quelque chose qui pouvait le tenir éveillé pendant plusieurs heures ? On sait que Brandon n'était pas rentré coucher chez lui la veille. Était-il retombé dans ses mauvaises habitudes ? Lors de son appel au 911, Brandon avait du mal à articuler, son débit était très rapide et incohérent. Était-ce le résultat d'hallucinations causées par une drogue dure ? Il a expliqué à son frère qu'il se faisait chasser par des Mexicains et ensuite par des *State Troopers.* Ladessa affirme qu'elle ne connaît aucun Mexicain dans le voisinage, et Kyle qu'il n'y a pas de *State Troopers* dans ce secteur. Pour lui, il est clair que son frère était sous l'influence de la drogue. Durant les appels, il lui a même dit : « Tu délires. » Cependant, en fouillant la camionnette de Brandon, la police n'a trouvé aucune drogue. À quel moment aurait-il pu en consommer ? Et puis, cette piste ne résout pas tout. Même si on suppose que Brandon était sous l'influence d'une drogue quelconque, cela n'explique pas sa disparition ! Les environs ont été soigneusement inspectés pendant plusieurs jours ; comment expliquer qu'on ne l'ait jamais retrouvé ?

Selon moi, la théorie la plus probable est que Brandon a été témoin d'un événement qui l'a mis en danger. Mais quoi ? On peut imaginer qu'en tombant en panne sur le bord de l'autoroute, il serait sorti de sa voiture et aurait assisté à une scène troublante, dangereuse. Un échange de drogue, peut-être ? Quelque chose de plus grave ? Brandon a dit qu'il était pourchassé dans la forêt. Il a aussi dit à son frère qu'il était dans un champ et qu'il saignait.

Est-ce que quelqu'un lui aurait tiré dessus ?

Mais, surtout, qui seraient ces mystérieux malfaiteurs ? Il est possible de théoriser durant des heures sur cette piste mais, en l'absence de nouveaux éléments, sans doute ne connaîtrons-nous jamais la réponse à nos questionnements.

J'ai lu sur des forums qu'il y a énormément de porcs sauvages dans la région de San Angelo, c'est une nuisance commune. Ces bêtes sont énormes et semblent dangereuses. Peut-être qu'un troupeau d'animaux sauvages a chassé Brandon dans la forêt ? Or, les porcs sauvages sont plutôt inoffensifs, ils n'ont pas l'habitude d'attaquer les humains. Et si Brandon avait rencontré un coyote ou un renard ? Encore là, s'il avait été attaqué par une bête sauvage quelconque, il aurait probablement perdu beaucoup de sang, et les chiens renifleurs l'auraient senti. Il y a aussi la théorie que Brandon se soit perdu, puis qu'il soit mort déshydraté et qu'ensuite, il se soit fait manger par des bêtes sauvages. Mais encore là, il faut quelques jours avant de mourir déshydraté. Brandon aurait été aperçu bien avant ! Il est donc très difficile de connaître l'heure juste sur cette histoire.

Depuis la disparition, Ladessa a dû quitter son emploi et sa maison pour retourner vivre à Forth West, auprès de sa famille qui lui vient en aide avec les enfants. Elle a engagé un détective privé qui tente de résoudre l'énigme de son côté. Kyle Lawson, longtemps considéré comme un suspect, a dû se soumettre au test du polygraphe à quatre reprises pour qu'enfin les policiers cessent d'avoir des doutes sur lui. Il se dit choqué qu'on l'accuse de quoi que ce soit. Son frère, c'est son modèle, son meilleur ami. Jamais il ne lui aurait fait du mal.

C'est en continuant à partager l'étrange histoire de Brandon qu'on aura peut-être un jour une réponse à nos questions. Est-il encore vivant, caché dans un autre pays ? Y a-t-il des témoins qui se souviennent de détails de cette nuit-là ? Je vous invite à aller écouter l'appel au 911 et à tendre l'oreille. Peut-être pourrez-vous contribuer à résoudre cette énigme tragique ?

CHAPITRE 13

Les disparitions de Juarez

Quand j'ai pris la décision d'écrire ce livre, j'ai tout de suite su que je voulais parler d'une histoire provenant de mon pays d'accueil. Ça fait maintenant près de quatre ans que j'habite la ville de Monterrey, au nord du Mexique. Mariée à un Mexicain, je pourrais même dire que je me considère comme à moitié québécoise et à moitié mexicaine. Il était donc important pour moi de couvrir au moins un cas de disparition dans ce pays. Pourtant, aucune histoire ne me venait en tête ! J'ai demandé à mes amis mexicains, à ma belle-famille, même à mes contacts Facebook s'ils connaissaient une histoire de disparition mexicaine, mais personne ne pouvait me donner de nom précis. Ils m'ont parlé de la petite Paulette, disparue pendant une semaine et retrouvée morte dans son propre lit, une histoire complètement folle, certes, mais ce que je cherchais, c'était une histoire de disparition non résolue. Pourquoi personne ne pouvait me donner le nom, ne serait-ce que d'une seule personne portée disparue ? Un ami m'a finalement répondu : « Ahhh oui, mon oncle a disparu il y a cinq ans, mais on est presque sûrs qu'il a été tué par des narcotrafiquants. » J'imagine que là réside une partie de la réponse. Au Mexique, ce ne sont pas les disparitions qui manquent. Mais on est loin des histoires américaines, qui sont entourées de mystères et d'indices dignes de polars sombres. La triste réalité est plutôt que la plupart des personnes qui disparaissent sont victimes des trafiquants de drogue. Parfois, ils sont au mauvais endroit au mauvais moment et font les frais d'une guerre entre gangs, d'autres fois, ils rencontrent de mauvaises personnes et on ne les revoit plus jamais.

Selon la Commission nationale des recherches du Mexique, il y a présentement 40 180 personnes disparues au pays.

En fait, il y a tellement de personnes disparues qu'on ne fait même plus attention aux noms ni aux histoires de celles-ci ! Ainsi, il m'était pratiquement impossible de consacrer un chapitre entier à la disparition d'une seule personne. Si les raisons officielles de ces nombreuses disparitions restent inconnues, on peut s'en faire une petite idée. Le narcotrafic est très important au Mexique et plusieurs victimes y sont liées, de près ou de loin. Des enjeux politiques peuvent aussi mener à des disparitions forcées ; je pense entre autres aux 43 étudiants qui ont disparu à Iguala en 2014. Mais un phénomène particulier a lieu depuis les années 1990 dans la ville de Juarez, où les cas de femmes disparues et les féminicides se sont mystérieusement multipliés. Ces crimes localisés jettent un nuage sombre sur l'ensemble du pays.

México Lindo y Querido

Quand on pense au Mexique, on s'imagine les belles plages du Yucatán, les mariachis de Jalisco, les montagnes de Nuevo León et les couleurs de la ville de Mexico, mais il ne faut pas oublier que ce pays magnifique est loin d'être parfait. Le Mexique est un pays où existent un racisme et une misogynie extrêmes. Selon l'Institut national des statistiques et de la géographie, 63 % des femmes mexicaines âgées de 15 ans et plus auraient vécu de la violence de la part de leur famille ou de leur partenaire. Dans le pays, on estime que neuf femmes par jour sont victimes de féminicides, ce qui représente 63 victimes par semaine ! En 2018, 88 fillettes ont été assassinées à cause de leur genre. Comme le dit toujours une de mes amies : « Au Mexique, tu es une pute ou une mère. » C'est exactement de cette façon que les médias et les politiciens justifient les violences contre les femmes. Les journaux décrivent toujours les victimes comme des toxicomanes, des alcooliques ou des prostituées, comme si elles « l'avaient cherché » ! Pire encore, en octobre 2009, le procureur général de l'État de Chihuahua, Arturo Chavez Chavez, a déclaré que les victimes de féminicides étaient responsables de leur sort parce qu'elles portaient des vêtements provocants.

Ce sont des paroles très graves provenant d'un homme important censé protéger les citoyennes et les citoyens. Plus tard, Chavez Chavez est devenu le procureur général de la République du Mexique. Mais ce n'est pas qu'une affaire de gouvernement puisque la majorité des hommes mexicains présentent des comportements machistes problématiques.

Au fil de mes recherches, je me suis rendu compte que le nom de Ciudad Juarez apparaissait toujours dans les gros titres. J'avais bien sûr entendu parler des disparitions et des féminicides qui y avaient eu lieu, on en parle souvent ! Mais on en parle comme d'un phénomène lointain. Car personne ne se rendra dans cette ville dangereuse à moins d'y être obligé. J'ai quand même décidé de mener ma petite enquête. Je ne savais pas à quel point j'allais être choquée en lisant sur le sujet. Je suis certaine que vous le serez aussi.

Juarez est une ville de 1,3 million d'habitants située au nord du pays, dans l'État de Chihuahua. La fameuse rivière Bravo sépare Juarez du Texas. Puisque c'est à la frontière avec les États-Unis que les affaires de drogues se brassent, les villes situées à cet endroit sont souvent les plus dangereuses du Mexique ; la plupart des histoires qui paraissent dans la presse internationale se déroulent dans cette partie du pays.

Entre 2008 et 2012, Juarez était considérée comme la ville la plus dangereuse au monde !

C'est pourtant une ville magnifique possédant une architecture variée et impressionnante. Mais la violence, le trafic de drogue, les disparitions et les meurtres y sont monnaie courante.

C'est en 1994 que tout a basculé. Avec la mise en place de l'Accord de libre-échange nord-américain, la ville située à quelques kilomètres des États-Unis a vu pousser comme des champignons les *maquiladoras*, ces usines qui bénéficient d'une exonération des droits de douane. Bientôt, l'industrie de Juarez a soutenu à elle seule l'État de Chihuahua au complet. L'ouverture des *maquiladoras* a attiré de nombreux ouvriers de tout le pays, dont beaucoup de femmes, le plus souvent des jeunes mères monoparentales ou des adolescentes provenant de familles pauvres du sud du Mexique, sans instruction, qui s'y rendent pour améliorer leur sort ou offrir une vie meilleure à leurs enfants. Du moins, c'est ce qu'elles espèrent en partant. Car sur place, elles se rendent compte que les conditions de travail sont loin d'être idéales. Les salaires sont extrêmement bas et la façon dont on traite les ouvrières est lamentable. Parmi ce bassin de jeunes femmes seules et vulnérables, plus de 600 femmes et fillettes de 5 à 35 ans ont été assassinées. Mais si on compte les femmes disparues, la liste des victimes s'élève à environ 1 000 femmes. Il est malheureusement impossible de connaître leur nombre exact, puisque plusieurs disparitions ne sont jamais rapportées à la police.

Physiquement, les victimes ont plusieurs traits en commun : elles sont souvent de petite taille, elles ont la peau foncée, les yeux marron et les cheveux noirs. Avec regret, je constate que l'aspect physique de ces femmes pèse beaucoup dans la balance en ce qui a trait à leur exposition dans les médias. Le Mexique est un pays au racisme systémique très important, où le « syndrome de la femme blanche disparue » prend tout son sens. Avez-vous déjà remarqué l'attention médiatique qu'on accorde aux disparitions lorsqu'il s'agit de jeunes femmes blanches ? Il est reconnu que l'intérêt du public pour une disparition dépend de différents facteurs, dont la couleur de peau de la victime, son sexe, son âge, sa condition sociale, etc. Il suffit de comparer l'attention médiatique qu'a reçue la petite Madeleine McCann lors de sa disparition au Portugal à celle qu'a reçue le jeune Rui Pedro. Deux enfants presque du même âge, disparus dans des conditions semblables. Avez-vous déjà entendu parler de Rui Pedro ? C'est ce que je pensais... Qu'en est-il des nombreuses disparitions irrésolues des femmes autochtones au Canada ? Ont-elles eu droit à la même couverture médiatique que Cédrika Provencher ?

Pourquoi ?

Aucun des 600 meurtres commis à Juarez n'a été résolu à ce jour. Pas un seul ! Le gouvernement mexicain n'a aucune réponse à offrir. Il est si difficile d'avaler ces données et d'y croire.

Pourtant, les crimes commis contre ces femmes sont si violents qu'on devrait les traiter en priorité pour retrouver leurs auteurs le plus rapidement possible. La majorité des victimes sont kidnappées lorsqu'elles rentrent du travail le soir, un moment où elles sont particulièrement vulnérables puisque la plupart doivent prendre plusieurs autobus et marcher des kilomètres dans des endroits malfamés de la ville. La plupart se volatilisent ainsi à jamais. Dans les rares cas où on retrouve ces disparues, elles sont méconnaissables. On soupçonne qu'elles sont torturées pendant plusieurs heures, voire plusieurs jours, humiliées, frappées, violées et mutilées avant d'être assassinées de manière horrible, étranglées, poignardées, brûlées ou parfois même victimes d'exsanguination. Les quelques corps que l'on retrouve sont abandonnés en bordure de l'autoroute, sur le pont reliant le Mexique aux États-Unis ou dans des terrains vagues. Quelques-unes de ces femmes ont le corps recouvert au complet de brûlures de cigarettes, d'autres ont les mamelons arrachés par des dents humaines. Juste à écrire ces quelques lignes, j'ai des nausées.

Que font les policiers pour remédier à cette situation ? Il serait si facile d'identifier les responsables de ces cruautés puisque, bien souvent, ils laissent des indices importants sur les victimes : du sang, des cheveux, des poils et même du sperme. Or, aucune enquête sérieuse n'est effectuée et ces preuves ADN « disparaissent » dans les mois suivant les meurtres. Oscar Maynez, l'ancien chef de l'équipe médico-légale de Chihuahua, a d'ailleurs donné sa démission lorsqu'on lui a demandé de cacher des preuves lors d'une enquête pour meurtre à Juarez. En 2003, Maynez a produit un documentaire sur le sujet, *La ville des filles perdues*, révélant la corruption catastrophique qui règne au sein du gouvernement. Mais de toute façon, le gouvernement n'a ni les ressources, ni l'argent, ni les capacités de faire des tests ADN décents puisqu'il n'existe pas de registre pour le faire. Au Mexique, il n'y a pas de loi sur l'enregistrement criminel. C'est-à-dire que lorsqu'un criminel est arrêté, il n'est pas obligé de fournir ses informations personnelles, ses empreintes digitales et son ADN.

Dans les années 1990, la direction générale de la police municipale de Juarez a mis en place une campagne de prévention à la télévision et à la radio en donnant des conseils aux femmes, pour éviter la violence. Parmi ces conseils, on leur disait de toujours avoir leurs clés de voiture entre les mains pour se défendre. Une idée ridicule lorsqu'on sait que la plupart de ces femmes n'ont pas les moyens de se payer de voiture : elles doivent marcher ou prendre les transports en commun. Ensuite, on demandait aux femmes de crier « Au feu ! » pour attirer l'attention des passants en cas de situation de danger (car « à l'aide » ne leur aurait probablement attiré aucune sympathie). Finalement, on leur conseillait de se faire vomir durant une agression sexuelle ; ainsi, les agresseurs seraient répugnés et s'enfuiraient en courant. Je ne sais pas si je dois rire ou pleurer en lisant ces précieux conseils. En 2008, le gouvernement a mis en place une opération nommée *Operativo Conjunto Chihuahua,* où plus de 10 000 militaires et policiers fédéraux ont été dépêchés sur les lieux, afin de protéger la population de Juarez.

Étrangement, avec l'arrivée des policiers, les crimes ont augmenté : 2008 a été l'année où l'on a recensé le plus grand nombre de meurtres et de disparitions à Juarez.

De plus, il y a eu la même année de nombreuses dénonciations contre des policiers et des militaires – 278 en tout. On les accusait d'actes criminels, de négligences et d'abus de pouvoir. La police municipale, elle, est soupçonnée d'agir pour le compte des narcotrafiquants plutôt que de veiller à la sécurité des citoyens. C'est incroyable de voir la négligence des policiers, même lorsqu'il est question de vie ou de mort. À Juarez, lorsqu'on rapporte une disparition, les policiers doivent attendre 24 heures avant de commencer les recherches. Cette règle s'applique certes aussi aux États-Unis lors des disparitions d'adultes, mais devrait-elle être la même à Juarez, étant donné les statistiques sur les disparitions de femmes ? De toute façon, la majorité des familles des victimes disent que les policiers ne prennent même pas la peine de chercher lorsqu'on rapporte une disparition.

De manière générale, les politiciens ne font rien non plus pour arranger les choses ou aider les familles des victimes. En 2010, le gouvernement a finalement décidé de créer un site Web regroupant toutes les informations concernant les femmes disparues à Chihuahua depuis 1993. Je suis allée y jeter un coup d'œil aujourd'hui ; le site est hors fonction. Et quand on voit la réaction de plusieurs hommes politiques face à ces drames, on comprend pourquoi rien ne change. Un exemple parmi tant d'autres : en 1998, lorsqu'on a demandé à Francisco Barrio Terrazas (gouverneur de l'État de Chihuahua de 1992 à 1998 et ancien secrétaire de la fonction publique du Mexique) de se prononcer sur le sujet, il a répondu :

« Ces femmes sont responsables de leur mort parce qu'elles marchaient seules le soir et portaient des minijupes. »

Quand on l'a confronté en lui demandant si une fillette de 10 ans retrouvée assassinée peu avant était aussi responsable de sa propre mort, le gouverneur a répondu que celle-ci avait des caries dans la bouche, ce qui prouvait l'insouciance de ses parents. Ainsi, on a jugé qu'elle avait probablement été victime de violence au sein de son foyer. Pendant plusieurs années, Barrio Terrazas a refusé de lancer une enquête générale, puisqu'il croyait que ces femmes étaient responsables de leur sort. Ainsi, rien ne changeait. En 2009, ce charmant personnage a été élu ambassadeur du Mexique au Canada, poste qu'il occupe toujours.

Ainsi, ces femmes ne deviennent qu'un numéro de plus à inscrire dans les statistiques du pays.

DEUX CAS PARMI DES CENTAINES

En décembre 1995, la jeune Maria Elena Garcia Salas, 18 ans, est sortie de son domicile aux petites heures du matin pour aller au travail. Elle portait une robe bleue et des chaussures blanches. Elle n'est jamais rentrée chez elle. J'aimerais tellement vous en dire plus sur la disparition de Maria Elena, mais malheureusement, les informations sur cette histoire sont peu ou pas disponibles. Une recherche Google avec le nom complet de la victime et le mot *desaparecida* montre que seulement deux articles de journaux ont été consacrés à cette affaire.

Mirna Daniela García Torres, une jeune femme de 24 ans, a aussi disparu le 6 mai 2018. Elle a quitté sa maison à 10 h du matin et on ne l'a plus jamais revue. Nous n'avons pas plus d'informations sur elle. Avait-elle des ennemis ? Qui étaient ses amis ? Avait-elle un emploi ? Y avait-il des caméras de surveillance dans le quartier où elle habitait ? Quelles ont été les mesures prises par la police ? J'ai pensé contacter la famille de ces jeunes femmes pour en savoir plus sur leur disparition, mais mon mari m'a dit : « Victoria, ce sont des familles *humildes*, elles n'ont peut-être même pas d'eau courante dans leur maison, crois-tu vraiment qu'elles ont Internet ou une ligne de téléphone ? » C'est malheureusement vrai. On doit donc se contenter de quelques phrases et d'une photo de mauvaise qualité. Ces deux filles ne sont que deux histoires parmi des centaines d'autres.

Crime organisé, snuff movies, *violences machistes : les victimes d'une nation*

À cause du nombre important de meurtres et de la rapidité de ces événements, la thèse la plus plausible est que ces assassinats sont commis par un réseau de crime organisé. Mais pourquoi ces femmes, des mères de famille qui tentent de gagner leur vie de manière respectable, qui n'ont pas de dettes et ne prennent pas de drogues ? Et pourquoi autant dans une seule ville ? Même si aucune théorie n'a réellement été confirmée, on pense que ces femmes auraient pu être assassinées durant un rite d'initiation pour entrer dans un cartel de drogue ou un gang de rue. Ça pourrait expliquer les nombreuses victimes qu'on retrouve avec le mamelon arraché. Violer et tuer une femme et lui arracher le mamelon en guise de trophée ? C'est possible. Les gangs de rue utilisent souvent des rites d'initiation douteux pour leurs nouveaux membres. Par exemple, les Zetas, un groupe de narcotrafiquants du nord du pays, obligent leurs aspirants à se battre à coups de poing jusqu'à la mort. Le survivant du duel sera la nouvelle recrue du groupe.

Commettre un acte criminel grave permet aux nouveaux membres de démontrer à leur chef ce dont ils sont capables tout en jurant fidélité à leur gang.

À Juarez, ce ne sont pas les gangs de rue qui manquent, il y en a plusieurs qui se disputent le trône : Los Artistas asesinos, Los Mexicles, Los Aztecas et La Linea, pour ne nommer que les plus importants.

Une autre théorie est que ces femmes pourraient être impliquées contre leur gré dans des rituels sataniques ou des orgies mettant en scène des hommes d'affaires et des politiciens importants du pays. Ça expliquerait pourquoi aucun de ces crimes n'a pu être résolu à l'heure qu'il est. Ça me semble être une théorie plutôt conspirationniste, mais ça ne serait pas la première fois qu'on verrait des hommes politiques impliqués dans des crimes de la sorte. Juste cette année, en 2019, quelques fonctionnaires et politiciens du gouvernement de Colima, dont le secrétaire du Tourisme Efraín Angulo Rodriguez, ont été accusés d'avoir organisé des orgies avec des jeunes filles mineures, beaucoup de drogues et de prostitués homosexuels. D'autres pensent que ces femmes sont assassinées lors de la réalisation de *snuff movies*, des films clandestins bien réels qui montrent des scènes de torture, de viol et de meurtre. Ces films sont généralement distribués sur le marché noir ou sur le Dark Web. Mais là encore, je me demande combien de *snuff movies* sont produits au Mexique chaque année. Et pourquoi seulement en tourner à Juarez ? C'est une théorie qui me semble assez improbable. On ne peut pas croire non plus que la totalité de ces femmes soit victime de violence conjugale, puisque la plupart d'entre elles sont célibataires.

Et si toutes ces femmes n'étaient que des victimes de leur nation ? Est-ce que leurs bourreaux seraient tout simplement des hommes jaloux et machistes qui n'aiment pas que des femmes puissent avoir le même travail qu'eux ? En effet, la majorité des victimes sont des ouvrières des *maquiladoras*. Peut-être que certains hommes de la région se sentent menacés par la nouvelle indépendance des jeunes femmes qui viennent leur « voler » leurs emplois. Ainsi, ils décident de les éliminer une à une jusqu'à ce qu'elles aient trop peur de vivre à Juarez et renoncent à leur emploi pour changer de ville. Ou encore : et si ces 600 femmes avaient été assassinées pour toutes ces raisons différentes ?

L'impunité au Mexique est de 99,3 %
pour des crimes généraux.

Ce taux a pour effet de produire plus de meurtres irrésolus. Les hommes savent qu'ils peuvent user de violence puisqu'il n'y aura jamais de conséquence. C'est un cercle vicieux qui semble impossible à briser. Par exemple, en août 2008, la jeune Rubi Frayre Escobedo, 16 ans, a disparu de son domicile situé à Juarez. Sa mère, Marisela Escobedo Ortiz, l'a cherchée pendant des mois jusqu'à ce que le petit ami de Rubi, Sergio Rafael Barraza Bocanegra, avoue le meurtre de l'adolescente et guide les policiers jusqu'à son corps. Marisela, une activiste comme on en voit rarement au Mexique, a tout fait pour qu'on rende justice à sa fille. Sergio a été arrêté en 2009 mais, malgré sa confession et la gravité du crime commis, on l'a relâché en avril 2010 pour manque de preuves. La même année, Marisela a été tuée par balle alors qu'elle manifestait contre l'impunité devant la porte du palais de justice de Chihuahua.

LE MEXIQUE ET LES DROITS HUMAINS

En 2007, Irene Khan, l'ex-secrétaire générale d'Amnistie internationale, est venue au Mexique dans le cadre d'une conférence. Après sa visite, Khan a déclaré que le Mexique avait une politique « schizophrène » puisqu'il promeut l'image d'un pays défendant les droits humains, signe plusieurs traités et accords internationaux, mais est le premier à ne pas les respecter.

En février 2001, le mouvement social *Nuestras hijas de regreso a casa* (NHRC) a vu le jour. Lilia Alejandra Garcia Andrade, 17 ans, a été retrouvée morte après avoir été torturée pendant cinq jours. Sa mère et sa professeure ont décidé de créer ensemble cet organisme. Grâce à ces deux femmes, Norma Andrare et Marisela Ortiz, les féminicides de Juarez ont été connus mondialement. Désormais, les familles des victimes se sentant impuissantes face à un gouvernement aveugle peuvent trouver des ressources et de l'aide grâce à cet organisme. Bien sûr, c'est loin d'être suffisant. Il y a encore plusieurs choses qui doivent changer. La classe politique mexicaine n'est pas encore assez concernée par ce problème pourtant effrayant. Par exemple, en mars 2005, durant une conférence sur ces crimes, pendant que la mère d'une victime pleurait en suppliant le gouvernement de faire quelque chose, l'ombudsman José Luis Soberanes s'est endormi. Cet homme est l'ancien président de la commission nationale des droits humains ! Ces détails frustrants peuvent décourager les présidentes de NHRC, mais elles préfèrent se concentrer sur le long bout de chemin qu'elles ont fait. Car depuis la création de l'organisme, plusieurs artistes et intellectuels du Mexique se sont joints à la cause en créant des œuvres d'art et des pièces de théâtre dédiées aux victimes de Juarez. Chaque mois, plusieurs manifestations sont organisées partout au pays.

On peut aussi dire que, grâce à elles,
ce chapitre existe.

En effet, c'est en tombant par hasard sur leur site que j'ai pu lire sur ces centaines de cas de disparitions et de meurtres irrésolus qui ont lieu à quelques kilomètres de l'endroit où je vis. Combien de femmes mortes faudra-t-il avant que le pays se réveille ?

De mon côté, j'exige *Ni una más, ni una menos.*

CHAPITRE 14

Andrew Gosden – Quand l'école buissonnière dure depuis 10 ans

Pour certains, le #10yearschallenge n'était qu'une occasion loufoque de publier d'anciennes photos d'eux sur les médias sociaux tout en riant de leurs coupes de cheveux. « Wow, déjà 10 ans ! » Mais pour d'autres, ce fut un *trend* bien plus sombre et chargé de mauvais souvenirs. Sur le site Internet consacré à leur fils disparu, les parents d'Andrew Gosden expliquent comment, pour eux, le #10years-challenge représentait un réel défi. En 2018, les proches d'Andrew ont ainsi fait appel à un expert pour les aider à recréer de quoi aurait l'air le jeune homme aujourd'hui, 10 ans après sa disparition, dans un portrait-robot. Andrew Gosden a quitté sa maison à l'âge de 14 ans. Maintenant, il en aurait 24. Est-ce que son nez a grossi ? Porte-t-il encore des lunettes ? S'est-il teint les cheveux ? Porte-t-il la barbe ? Kevin Gosden, le père d'Andrew, a déclaré : « Ça semble être normal de savoir à quoi quelqu'un peut ressembler. Je ne crois pas pouvoir croiser ma fille dans la rue sans la reconnaître, mais j'ai peur de passer à côté de mon fils sans savoir qui il est. Notre #10yearschallenge, c'en est un auquel aucun parent ne souhaite faire face. » Pour Kevin et Glenys Gosden, 2007 est l'année où leur vie a basculé. Depuis la disparition de son fils, Kevin a dû laisser tomber sa carrière d'orthophoniste, car il ne pouvait plus se concentrer au travail. Il a sombré dans une dépression profonde et fait une tentative de suicide. Il a dû être interné pendant 15 semaines dans un hôpital psychiatrique. J'ai eu la chance d'échanger quelques courriels avec lui. C'est un homme très aimable et, surtout, courageux. Lors de notre courte relation épistolaire, il m'a bien avertie qu'il était encore sensible au sujet de la disparition de son fils. Il m'a dit que, parfois, il était difficile pour lui de répondre aux questions. Ainsi, j'ai tenté de ne pas trop l'envahir des mille interrogations que j'avais, j'ai préféré m'en tenir au strict minimum. Glenys, sa femme, aussi orthophoniste, a réussi à continuer à travailler. Elle dit que le fait de garder sa routine et de voir ses patients tous les jours lui permet de survivre à ce drame. Est-ce qu'on peut se remettre un jour de la disparition de son enfant ? Selon les Gosden, la réponse est non. On ne s'en remet jamais.

Une chambre vide

« Andrew, Charlotte, le souper est prêt ! »

C'est ce que Glenys crie tendrement à ses enfants le soir du 14 septembre 2007. Il est 19 h, Charlotte descend à la cuisine et la famille commence à manger. En voyant qu'Andrew n'arrive toujours pas, sa mère, impatiente, lui crie de descendre, que son repas va refroidir. Normalement, Andrew lui répondrait : « Oui, j'arrive ! », en prenant le temps de bien enregistrer sa partie de jeu vidéo avant de fermer la porte de sa chambre. Puisqu'elle n'obtient pas de réponse de son fils, sa mère monte à l'étage pour voir ce qui l'occupe autant. Glenys et Kevin n'ont pas vu Andrew depuis qu'ils sont revenus du travail. Ça n'est pas nouveau ; Andrew sort rarement de sa chambre pour les saluer à leur arrivée. Après l'école, il monte dans son donjon et y reste enfermé jusqu'à l'heure du souper.

C'est un adolescent typique qui tient à son espace personnel.

Glenys et Kevin respectent ses besoins. En ouvrant la porte de la chambre d'Andrew, sa mère reste cependant surprise de voir qu'il n'y est pas. Elle l'appelle deux ou trois fois. Il est peut-être à la salle de bains ? Aucune réponse. Le veston et la cravate de son uniforme sont soigneusement étendus sur une chaise. Dans la machine à laver, son pantalon et sa chemise d'école sont en plein nettoyage. Andrew est donc revenu à la maison après l'école. Il a entamé sa routine habituelle. Mais où est-il ?

Andrew Gosden est né le 10 juillet 1993 à Baldy, un village du Doncaster, en Angleterre. Il a grandi dans une famille normale et a mené une existence que l'on pourrait qualifier des plus ordinaires. C'est à l'adolescence qu'Andrew commence à affirmer son identité à travers ses goûts musicaux et ses centres d'intérêt. Le jeune homme a désormais des passions particulières qui le caractérisent en tant qu'individu, une étape importante dans le passage de l'enfance à l'adolescence. À 14 ans, il commence à se définir comme étant « gothique ».

À MES YEUX...

Les étiquettes sont très importantes à cet âge. En 2007, j'avais aussi 14 ans et je me rappelle qu'il était essentiel de se catégoriser, d'identifier qui on était. Des groupes d'amis se définissaient par la musique qu'ils écoutaient, par le sport qu'ils pratiquaient ou par leur style vestimentaire. À mon école, en 2007, il y avait les métalleux, les gothiques/emo, les skaters et les rappeurs. Le fait de se joindre à l'un de ces groupes définissait tes amitiés, tes sorties, tes traits de personnalité, etc. Je sais qu'à cet âge, je n'aurais probablement pas côtoyé Andrew. De mon côté, je faisais partie du groupe des *cheerleaders*, j'écoutais de la musique pop et je m'intéressais aux garçons plus vieux. Est-ce que j'aurais remarqué qu'un de mes compagnons de classe n'allait pas bien, se sentait seul, incompris ?

Physiquement, Andrew fait plus jeune que son âge, il a l'air d'avoir 11 ou 12 ans. Il a de longs cheveux châtains, la coupe de cheveux typique des métalleux de l'époque, et il porte de petites lunettes qui cachent son visage rond d'enfant. Andrew est sourd d'une oreille et, en le regardant de près, on peut y déceler une particularité, trois petites lignes verticales. C'est un élément important à mentionner puisque cette légère déformation de l'oreille peut permettre à un inconnu de facilement l'identifier. Mais ce qui le caractérise par-dessus tout, c'est son amour pour les *graphic tee's*. Lorsqu'il ne porte pas son uniforme scolaire, il choisit d'arborer fièrement ses nombreux t-shirts aux couleurs sombres illustrant son amour pour la musique rock.

La chambre d'Andrew est tapissée d'affiches des groupes de musique dont il est fan : Slipknot, Muse, Marilyn Manson, Funeral for a Friend, Him, Craddle of Filth. Il faut dire qu'en 2007, ces groupes de musique étaient très tendance. Nous sommes en plein cœur du mouvement *emo*, où les groupes de rock et de *heavy metal* sont en vogue chez les plus jeunes. Andrew a quelques amis à l'école, mais il préfère largement la solitude. Son père m'a confié qu'au moment de sa disparition, Andrew est dans une phase plus « silencieuse », heureux en sa propre compagnie. Il ne parle jamais pour rien dire, chaque mot qui sort de sa bouche a lieu d'être. Il aime jouer à ses jeux vidéo préférés, collectionner des roches et lire des livres de *fantasy* comme *Le Seigneur des anneaux*. Il passe le plus clair de son temps dans sa chambre, son antre, où il peut vaquer à ses occupations sans trop se faire déranger. Andrew réussit particulièrement bien à l'école, il est dans les premiers de sa classe et n'a jamais manqué une journée. Kevin le décrit comme « ridiculement intelligent », ce qui m'a fait sourire. En effet, Andrew a une culture générale très étendue. Sa matière préférée : les mathématiques, un domaine dans lequel il excelle. Contrairement aux jeunes de son âge, Andrew n'a pas honte de dire qu'il adore apprendre de nouvelles choses et visiter différentes expositions dans les musées. Quand il était plus jeune, il faisait partie des scouts de son quartier, mais il a récemment décidé de laisser tomber la religion chrétienne. Charlotte, sa grande sœur de 16 ans, a aussi choisi d'arrêter d'aller à l'église avec ses parents, une déclaration de son indépendance. Andrew a suivi peu après.

Après tout, 14 ans est l'âge idéal pour remettre en question nos croyances et nos valeurs.

Kevin et Glenys, de fervents chrétiens, ont respecté le choix de leurs enfants, ils ne voulaient pas leur imposer quoi que ce soit.

L'école buissonnière, encore

Le matin du 14 septembre 2007, Andrew s'est réveillé en retard pour l'école. C'est un vendredi. La veille, il a passé la soirée à jouer à des jeux de société en famille. Il était heureux et détendu. Or, ce matin-là, il est plutôt d'humeur irritable, ce qui est peu commun pour l'adolescent, rarement de mauvaise humeur. Comme tous les jours, Andrew enfile l'uniforme de son collège et, à 8 h 05, dit *Goodbye* à ses parents et part pour l'école. Mais au lieu de marcher jusqu'à son arrêt d'autobus, il fait un mystérieux détour et décide de se rendre au parc Westfield, près de sa maison. Il erre dans le parc pendant quelques minutes en attendant que le reste de sa famille quitte la maison. Finalement, lorsqu'il est sûr et certain que tout le monde est parti pour la journée, il retourne chez lui quelques minutes plus tard. Il retire son uniforme, le place proprement sur la chaise dans sa chambre et enfile ses vêtements de fin de semaine. Il attrape son sac à dos décoré d'écussons et quitte sa demeure à 8 h 30. Nous avons accès à cette ligne du temps précise puisque des voisins ont aperçu les va-et-vient d'Andrew cette journée-là. Il emporte avec lui son porte-monnaie, ses clés et sa PlayStation portable. Il décide de laisser le chargeur de sa PSP chez lui, un choix qui, selon moi, en dit long sur ses plans. Quitteriez-vous votre maison pour un week-end complet, voire plus longtemps, sans emporter votre chargeur de téléphone cellulaire ?

Quand les parents d'Andrew réalisent que leur fils n'est pas à la maison, ils téléphonent à ses amis pour savoir s'ils ont eu des contacts avec lui récemment. Ils ne s'attendent pas à grand-chose. Andrew ne quitte jamais la maison sans avertir ses parents. En fait, il est rare qu'Andrew quitte la maison tout court. Il préfère passer ses soirées à jouer à la Xbox plutôt que de sortir avec ses camarades de classe. Personne n'a eu de nouvelles de lui de la journée. Quand Glenys appelle l'école de son fils, on lui dit qu'Andrew ne s'est pas présenté cette journée-là. Le collège a appelé à la maison pour avertir les Gosden de l'absence de l'adolescent, mais la secrétaire a mal composé le numéro de téléphone, c'est pourquoi les parents n'ont jamais été avisés. Une erreur commune et fréquente, certes, mais qui peut causer des dommages irréparables. C'est à ce moment que les Gosden appellent la police pour signaler la disparition de leur fils de 14 ans. Tout de suite, les recherches commencent.

Une affaire qui met le Web en émoi

L'affaire Andrew Gosden est hautement médiatisée et très connue dans le monde du *True Crime*. On pourrait même dire que, dans un sens, la famille est « chanceuse » que la disparition d'Andrew suscite autant d'intérêt. (Je mets bien le mot « chance » entre guillemets. Bien sûr, une disparition ne devrait jamais être associée à ce mot, mais il est important de réaliser que, malheureusement, toutes les disparitions ne reçoivent pas autant de visibilité.) Même 12 ans plus tard, le visage souriant du jeune Andrew continue d'être imprimé sur des milliers de cartons de lait qui circulent partout à travers l'Europe.

ÊTRE LE DEUXIÈME

Dans les courriels que nous avons échangés, M. Gosden m'a parlé d'autres histoires de disparitions semblables à celle de son fils, qui ne sont malheureusement pas aussi connues. Par exemple, il y a le cas d'Alex Solely, un jeune homme de 16 ans disparu de Londres en 2008. Il a quitté sa maison vers midi sans raison apparente et n'est jamais revenu. Pourquoi cette histoire n'a pas eu autant d'attention médiatique que celle d'Andrew ? On l'ignore. Pourtant, le déroulement des événements entourant la disparition de Solely est presque identique à celui d'Andrew et l'histoire tout aussi mystérieuse. Lorsque Andrew a disparu, les médias en ont énormément parlé et le public a été profondément touché. Un an après, quand la même situation s'est reproduite, c'était difficile pour les médias et le public de se passionner pour une affaire aussi semblable. Je crois que ce fut la même chose pour l'affaire Johnny Gosch. Les médias lui ont tellement donné d'importance que lorsque Eugene Martin et Marc Allen ont disparu peu de temps après, les gens étaient épuisés, voire blasés devant tant de disparitions d'enfants dans les médias. C'est une constatation assez triste et plutôt amère, mais c'est la réalité. La deuxième personne disparue n'a jamais autant d'attention que la première.

En quittant la maison, Andrew s'est rendu au guichet automatique le plus proche de son domicile pour retirer la totalité de l'argent dans son compte en banque, soit 200 livres. Fait étrange, Andrew avait reçu 100 livres en cadeau d'anniversaire quelques mois plus tôt, qu'il a laissés dans la petite enveloppe rangée dans sa chambre. Pourquoi n'a-t-il pas pris cet argent également ? Peut-être l'a-t-il oublié ? Par la suite, Andrew s'est rendu à la station de train la plus proche et, à 9 h 30, il a acheté un billet pour Londres, un trajet de deux heures. Le commis a offert à Andrew d'acheter un billet aller-retour pour une livre de plus, plutôt qu'un aller simple. Andrew a refusé.

À 11 h 20, Andrew est arrivé à la station King's Cross à Londres. Son arrivée est confirmée puisqu'il est vu sur les caméras de surveillance de la gare. Il semble seul et quitte la station d'un pas décidé. Ces quelques images saccadées sont les dernières d'Andrew avant qu'il ne s'engouffre dans la grande ville de Londres. Et il aura fallu 27 jours pour que les policiers obtiennent cet enregistrement. S'ils avaient eu accès aux caméras de surveillance des différents endroits de Londres, il est possible qu'aujourd'hui on en sache plus sur le parcours d'Andrew. Malheureusement, les propriétaires des commerces et des restaurants ont tendance à effacer les vidéos des caméras de surveillance chaque semaine. Il faut dire que les policiers de South Yorkshire n'ont pas été très efficaces au début de l'enquête. Ils ont d'ailleurs été fortement critiqués pour leur travail. Selon Kevin Gosden : « Le traitement de l'enquête a été trop lent, trop chaotique et désorganisé. » Il est vrai que les policiers ont tardé à faire des démarches qu'ils auraient dû effectuer dans les premières 48 heures, par exemple, visionner toutes les vidéos des caméras de surveillance des commerces et des rues situés près de la gare de train. La lenteur de certaines procédures toutes simples a clairement nui à la résolution de l'enquête. Un témoin crédible, une femme d'âge adulte, dit avoir vu Andrew en train de manger dans un Pizza Hut de Londres. La façon dont elle a décrit le jeune homme, sa posture et ses manières, colle parfaitement à Andrew.

Kevin et Glenys sont persuadés que c'était bel et bien leur fils. Mais après ça, plus rien. Là encore, à la suite du témoignage de la femme, les enquêteurs ont attendu six semaines avant de faire un rapport.

C'est une énorme perte de temps, surtout si on parle de la disparition d'un mineur. Chaque heure est précieuse !

Dans les quelques jours suivant sa disparition, les parents d'Andrew lui font un virement de 100 livres dans son compte en banque, au cas où il en aurait besoin pour s'acheter de la nourriture ou des vêtements chauds. L'adolescent n'a jamais touché à cet argent. Andrew a quitté la maison en ne portant qu'un t-shirt. Il n'a pas emporté de veste ou de manteau. C'est étrange, puisque les soirées de septembre sont plutôt fraîches. Encore une fois, ça laisse croire qu'Andrew n'avait pas prévu de partir très longtemps. La nuit du 17 au 18 septembre, des témoins disent l'avoir aperçu en train de dormir dans le parc Southwark, situé au centre de Londres. D'autres prétendent l'avoir vu, le 19 septembre, en train de descendre à la station de train de Waterloo. Malheureusement, on n'a jamais pu confirmer ces observations.

Les théories

La question reste : pourquoi Andrew a-t-il décidé de manquer une journée d'école pour se rendre à Londres ? Au fil des années, une théorie importante a fait surface sur le Web. Et si Andrew s'était rendu à Londres dans le but d'assister à un concert de musique ? Comme vous le savez maintenant, le jeune homme était un grand fan de musique rock. S'il savait que l'un de ses groupes préférés donnait un concert à Londres, il est très possible qu'il ait décidé d'y aller. Il s'y serait sûrement rendu sans aviser ses parents, sachant qu'ils ne l'auraient pas laissé manquer l'école pour ça. Et en effet, le vendredi soir de sa disparition, le groupe 30 seconds to Mars donnait un concert à Londres. Ce n'est pas tout : trois jours plus tard, le magasin de disques HMV recevait le groupe HIM pour un concert privé. Il est possible que le plan d'Andrew ait été d'assister à l'un de ces concerts, ou aux deux, et de retourner à la maison après. Ça pourrait expliquer pourquoi il n'avait pas pris la peine d'emporter son chargeur de PSP ; il croyait revenir. Mais d'autres questions se posent. Pourquoi n'a-t-il pas acheté de billet de retour ? Pourquoi n'a-t-il pas pensé à emporter des effets personnels pour passer un week-end complet à Londres ? Du haut de mes 27 ans, je pense de cette manière, mais à 14 ans, est-ce que je penserais à tous ces détails ? Que je devrais prendre le billet aller-retour plutôt que deux allers simples pour des questions financières. Que ce serait mieux d'apporter une veste plus chaude au cas où il fasse plus froid. À l'endroit où j'irais dormir. Aux dangers qui guettent une personne seule à Londres. Il ne faut pas se mettre dans la peau d'Andrew en pensant comme un adulte. Il faut penser comme un adolescent.

J'en ai discuté un peu avec Kevin Gosden, le père d'Andrew. Il dit qu'en effet, c'est possible que son fils ait pu faire le voyage pour assister à ces concerts, mais qu'au final, ça n'a pas d'importance. Les internautes passent beaucoup de temps sur ces théories, ils tentent d'obtenir des photos et des vidéos des concerts donnés par HIM et 30 seconds to Mars. Or, comme le dit Kevin, ça ne change rien ! Andrew est toujours porté disparu. Même si on découvre que oui, effectivement, Andrew est allé à Londres pour voir ses groupes préférés, ça ne changera rien au fait qu'il n'est pas revenu à la maison depuis 12 ans. Ainsi, pour les Gosden, c'est plutôt fâchant qu'autant de temps et d'énergie soient gaspillés dans le but de savoir pourquoi leur fils est allé à Londres. Selon eux, on devrait plutôt employer ce temps à chercher où se cache Andrew aujourd'hui.

Une autre théorie suppose qu'Andrew est allé à Londres pour rencontrer quelqu'un. Peut-être un individu avec qui il parlait en ligne. Un ami ? Une petite amie ? En lisant cette histoire, j'ai tout de suite pensé qu'Andrew a pu être victime d'un *catfish* bien élaboré. Ainsi, il a pu se rendre à Londres dans le but de rencontrer quelqu'un de son âge (pensait-il) avec qui il parlait en ligne, mais une fois sur place, tomber dans les filets d'une personne malveillante. Andrew faisait plus jeune que son âge, il avait l'air d'avoir 11 ou 12 ans. A-t-il été victime d'un pédophile ? Les policiers ont passé au peigne fin tous les ordinateurs dont Andrew aurait pu se servir : ceux de son école et de la bibliothèque du quartier, sans trouver aucune trace numérique du jeune homme. À la maison, sa sœur Charlotte avait un ordinateur depuis deux mois, mais Andrew ne s'en servait jamais. Il n'avait même pas d'adresse courriel. L'adolescent n'avait pas de téléphone cellulaire non plus. Quand ses parents ont offert de lui en acheter un, il a demandé une Xbox à la place. Andrew passait beaucoup de temps à jouer aux jeux vidéo, notamment sur sa Xbox et sa PlayStation. Or, sur ces deux consoles, il est possible de jouer en ligne avec des gens de tous les coins du monde, de tous les âges, etc. Il est donc possible qu'Andrew ait entretenu une relation amicale ou amoureuse en ligne sur ces plateformes. Cependant, les compagnies Sony et Microsoft affirment que c'est fort improbable, car Andrew n'avait aucun compte en ligne. Ainsi, pour ma part, je doute de plus en plus qu'il se soit rendu à Londres pour rencontrer quelqu'un.

DE TERRIBLES SOUPÇONS

Bien sûr, au cours de l'enquête, les parents d'Andrew ont été sous le radar des policiers. Est-ce que Kevin abusait de son fils ? Ça a dû être horrible, en tant que parent, de se faire soupçonner de telles choses, surtout quand son enfant est porté disparu et ne peut pas démentir ces accusations. Et pendant que les policiers se concentraient sur les parents d'Andrew, ils n'étaient pas en train de chercher l'adolescent. Dans les entrevues, lorsque Kevin se fait poser une question sur les supposés abus qu'aurait vécus son fils, même 10 ans plus tard, il ne peut répondre sans qu'on entende l'émotion dans sa voix. À un moment, il a même fait une tentative de suicide en se disant : « Si je ne suis plus dans le décor, les enquêteurs arrêteront de porter leur attention sur moi et se concentreront enfin sur mon fils disparu. » Évidemment, rien n'a été trouvé pour corroborer ces soupçons contre la famille Gosden. Bien vite, les policiers ont laissé tomber cette hypothèse.

Andrew, caché en Angleterre

En 2008, un homme s'est présenté à la station de police de Leominster en affirmant posséder des informations concernant Andrew Gosden. La réceptionniste est tout de suite allée avertir les policiers pour que ceux-ci viennent interroger le mystérieux individu. Quand elle est revenue à son poste, l'homme avait disparu. Ce n'est que quelques mois plus tard que la police a reçu une lettre anonyme écrite par une personne déclarant être l'homme qui s'était présenté à la station. La lettre disait qu'Andrew aurait été vu à Shrewsbury, une ville d'Angleterre située à la frontière du pays de Galles. C'est une piste intéressante, certes, mais au fil des années, Andrew aurait été aperçu à plusieurs endroits différents, dont Plymouth, South Wales, Southend et Birkenhead. Malheureusement, aucune de ces pistes n'a mené à grand-chose, à part à être éliminées de la liste.

En septembre 2017, un homme a contacté la famille d'Andrew, car il pensait être en train de parler en ligne avec le jeune homme. Un individu portant le pseudonyme Andyroo avait publié une annonce disant qu'il vivait dans un appartement à Lincoln et que son colocataire venait de partir sans préavis. Il avait besoin d'aide. Le contact a répondu à l'annonce en demandant à Andyroo de quelle manière il pouvait l'aider. Andyroo lui a confié qu'il avait besoin de 200 livres pour payer le loyer. Le contact lui a ensuite dit qu'il lui transférerait l'argent par virement bancaire, mais Andyroo a dit qu'il n'avait pas de compte en banque, car il avait quitté la maison quand il n'avait que 14 ans. Quand son interlocuteur lui a demandé pourquoi il avait quitté la maison, Andyroo a répondu : « J'en avais envie. » Les parents d'Andrew ont pensé qu'en effet, ça pouvait être leur fils puisque « Roo » était le surnom d'Andrew. Les policiers ont contacté les administrateurs du site (dont j'ignore le nom pour des raisons de confidentialité !), afin d'obtenir les informations du compte. Malheureusement, ces derniers venaient de faire une mise à jour et avaient perdu plusieurs données. De leur côté, Kevin et Glenys ont longtemps parcouru les rues de Lincoln, faisant le tour des cafés et des restaurants en montrant la photo d'Andrew, mais personne ne l'a reconnu.

Andrew, où es-tu ?

C'est vraiment la question qui est sur les lèvres de tout le monde. J'ai demandé à Kevin ce qu'il croyait être advenu de son fils. Pense-t-il qu'Andrew est toujours en vie ? Voici ce qu'il m'a répondu : « En tant que famille, nous changeons souvent d'avis sur la question de s'il est encore en vie ou non. Si ça se trouve, Andrew est sorti de la station King's Cross et quelqu'un l'a poignardé en lui volant son portefeuille et l'a été jeté dans le fleuve. D'un autre côté, il était très intelligent et suffisamment expérimenté pour se cacher à Londres et trouver une façon de survivre. Aucun de nous n'imagine qu'Andrew aurait été absent si longtemps sans nous contacter pour nous dire qu'il va bien. Mais en même temps, plus le temps passe, plus je sens qu'il est logique qu'il ne le fasse pas, que ça serait très difficile pour lui. Donc, nous ne savons pas du tout, mais sans corps, nous gardons espoir. » En 2011, Kevin a engagé une compagnie privée pour inspecter la Tamise, le fleuve qui traverse Londres. Après les fouilles, un cadavre a été découvert. Grâce aux tests ADN, on a pu confirmer que le corps n'était pas celui d'Andrew. Ce fut une nouvelle assez difficile à digérer pour les parents. Ils étaient soulagés de savoir que ce n'était pas leur fils, mais ça voulait dire aussi que leur enfer allait continuer.

*

Je ne sais pas pourquoi, mais l'histoire d'Andrew m'a touchée particulièrement. Je crois que chacun d'entre nous peut se voir en lui. Il nous est tous arrivé, à l'âge de 14 ans, de nous fâcher contre nos parents, de faire nos bagages et de quitter la maison quelques heures ou quelques jours. Est-ce ce qu'Andrew a fait ? Peut-être se sentait-il incompris dans sa famille et a-t-il décidé de fuguer quelques jours. À cause de son orgueil, les jours se seraient transformés en semaines, en mois et en années. Une chose est sûre, la disparition d'Andrew en a interpellé plus d'un. En 2009, Muse, le groupe de musique préféré d'Andrew, a annoncé publiquement qu'il offrait des billets de concert gratuits à Andrew, il n'avait qu'à se présenter pour les récupérer. Les billets n'ont jamais été réclamés. Lors du 18e anniversaire d'Andrew, en 2012, un riche homme d'affaires nommé Barry Ford a généreusement offert sa voiture sport à quiconque fournirait des informations pour retrouver Andrew Gosden. Encore une fois, sans résultat.

Aujourd'hui, Andrew aurait 25 ans. Presque mon âge. Je ne pourrais jamais m'imaginer vivre 12 ans sans avoir de contact avec ma famille. Andrew était proche de ses parents et de sa sœur Charlotte, pourquoi les aurait-il quittés sans raison précise ? Ça fait 12 ans que les membres de sa famille cherchent une réponse à cette question. Ils consacrent une bonne partie de leur temps libre à aider la fondation Missing People du Royaume-Uni. Cette organisation permet d'aider les familles de personnes disparues. Le travail qu'elle fait est énorme et très important. J'ai tendance à penser qu'Andrew est encore en vie, mais qu'il ne veut pas retourner à la maison pour des raisons qui lui appartiennent. Il pourrait être n'importe où. Qui sait, peut-être que c'est votre voisin d'en face ? Le jeune homme qui prépare votre café chez Starbucks tous les matins ? Le nouveau petit ami de votre cousine ? L'Angleterre n'est pas très loin de la France, il est possible que l'un de vous ait déjà croisé Andrew sans le savoir.

CHAPITRE 15

Rebecca Coriam – Une croisière Disney tourne au drame

Lorsque je fais des recherches sur des meurtres et des disparitions, je me demande toujours pourquoi, en apparence, il y a aussi peu d'histoires qui ont lieu durant les vacances. Pensez-y. Avez-vous souvent entendu parler de disparitions qui surviennent, par exemple, dans des hôtels tout-inclus, à Disney World ou d'autres parcs d'attractions, sur des bateaux de croisière, etc. ? Pourtant, ces endroits ne sont pas à l'abri des dangers de la vie quotidienne. En fait, quand on y réfléchit, les vacances sont le moment idéal pour que les choses tournent mal. On visite des endroits remplis de touristes, des étrangers que l'on côtoie chaque jour mais dont on ignore complètement la vie. Entre l'océan et les piscines, les possibilités de noyades sont infinies. L'alcool coule à flots et les drogues de toutes sortes réussissent à se frayer un chemin parmi les plus aventureux. Et c'est sans compter que, souvent, les hôtels tout-inclus sont installés dans des pays où le taux de crimes est élevé et la pauvreté rampante. De plus, on a tendance, en voyage, à être plus détendu et à prendre plus de risques inutiles.

Bref, les vacanciers sont des victimes parfaites.

Alors, pourquoi n'entend-on pratiquement jamais parler de disparitions survenant au Riu Santa Fe de Los Cabos ou à bord d'un bateau de croisière dans les Bermudes ? Serait-ce parce que cela n'arrive jamais ? Permettez-moi d'en douter… Non, je crois fermement que l'industrie touristique est assez puissante pour cacher bien de la poussière sous le tapis. De fait, il suffit de creuser un peu pour se rendre compte qu'il y a anguille sous roche. Saviez-vous que depuis les années 2000, on compte plus de 313 cas de personnes disparues sur des bateaux de croisière et que seulement 10 % de ces cas sont résolus à l'heure qu'il est ? C'est un chiffre énorme, d'autant plus lorsqu'on se rend compte qu'aucune de ces nombreuses disparitions n'a eu la chance d'être médiatisée.

Certes, il y a des histoires dont on a parlé, comme celle d'Amy Lynn Bradley, une jeune Américaine de 23 ans disparue en 1998 sur un bateau de croisière de la compagnie Royal Caribbean International alors qu'elle était en vacances avec sa famille. Elle reste, encore à ce jour, irrésolue et entourée de mystères. Pour ma part, je voudrais vous parler d'une affaire plus récente, que je trouve particulièrement tragique : celle de Rebecca Coriam. C'est une histoire qui commence d'une manière toute simple, mais qui va très vite tourner au cauchemar.

Et qui pose une question extrêmement préoccupante : l'industrie du tourisme est-elle prête à cacher de ténébreux secrets pour protéger ses intérêts ?

Un emploi de rêve

Le 22 mars 2011, Mike et Ann Coriam tenaient entre leurs mains une sandale humide, abandonnée, qui semblait se moquer d'eux. C'était tout ce qui restait de leur fille. Une misérable sandale en plastique. D'ailleurs, elle n'était même pas du style de Rebecca ; jamais la jeune femme n'aurait acheté un accessoire aussi féminin que celui-ci. Les Coriam fixaient cet objet étranger pendant que les officiers de Disney leur expliquaient ce qui était arrivé à Rebecca. Un accident. Une vague énorme. Une sandale délaissée... On leur récitait ces mots insensés comme s'ils étaient censés les soulager de la perte de leur fille. Mais ils n'avaient aucun sens. En fait, dans l'esprit des Coriam, la disparition de Rebecca ressemblait déjà à un mensonge monté de toutes pièces qu'on tentait de leur faire avaler comme un médicament que l'on prend sans eau. À aucun moment de l'histoire racontée par les policiers, les Coriam n'ont reconnu Rebecca dans le portrait qu'on leur peignait de leur fille : *une jeune femme adorable, mais cachant une tristesse profonde.* Ils sont sortis de la rencontre avec un mal de cœur et un goût amer dans la bouche. Le médicament qui avait fondu sur leur langue n'avait pas aidé à soulager leurs maux. Au contraire, il n'avait fait qu'empirer les choses.

Voilà que leur fille avait disparu mystérieusement du bateau de croisière Disney sur lequel elle travaillait. Maintenant, la compagnie essayait de leur faire avaler une théorie qui leur semblait des plus improbables. Ils étaient complètement désemparés. Comment tout cela avait-il pu arriver ?

Laissez-moi revenir quelques mois en arrière pour vous retracer la chronologie des événements.

Rebecca Coriam, Bex pour les intimes, avait toujours travaillé avec le public. Elle était souriante et facile d'approche ; en fait, elle avait une facilité inouïe à communiquer avec les gens. Polyvalente, elle semblait bien s'intégrer à chaque nouvel emploi qu'elle dénichait. Elle se faisait facilement des amis et était appréciée de tous les clients. Ainsi, elle avait travaillé quelque temps dans un zoo, pour ensuite évoluer dans le monde de l'hôtellerie dans un Hilton. Passionnée par les sports, elle avait aussi œuvré dans un camp de vacances dans le Maine où, manifestement, elle se trouvait dans son élément. Chaque jour, elle devait divertir des centaines d'enfants en pratiquant plusieurs activités physiques avec eux. De tous ses emplois, ce fut son préféré. Jusqu'en juin 2010, où sa vie a complètement changé. Rebecca s'est rendue à Londres dans le but de passer une entrevue pour travailler sur un bateau de croisière Disney. Avec son expérience en hôtellerie et auprès des enfants, c'était la candidate idéale pour cet emploi ! Et puis Bex ne refusait jamais une occasion de voyager et de découvrir le monde. Cet emploi était donc toute une chance pour la jeune femme de 24 ans. Ses employeurs ont tout de suite vu le potentiel en Rebecca, puisqu'elle a été sélectionnée parmi des centaines de candidats. Elle a eu le job ! Elle serait désormais coordonnatrice d'activités sur le bateau de croisière Disney. Un simple emploi ? Non, pour Rebecca Coriam, c'était toute une passion !

Bien sûr, Rebecca allait devoir partir pendant de longs mois. Chaque contrat durait trois à quatre mois sans interruption. Durant ces mandats, elle ferait plusieurs croisières et visiterait différents pays. Entre chaque affectation, elle aurait deux mois de vacances où elle retournerait à Chester, sa ville natale. Être séparés de Rebecca pendant de longs mois ne plaisait guère à ses parents, mais pour Rebecca, ce désavantage valait bien le bonheur qu'allait lui procurer son nouvel emploi. Et en effet, grâce à Disney, dès sa première croisière en juin 2010, elle a pu, en quelques mois, visiter les Bahamas, le Panama et le Mexique. Rebecca était en train de conquérir l'Amérique, un pays à la fois ! Elle parlait à ses parents chaque jour, leur racontant à quel point elle se plaisait à faire ce travail. Disney exigeait que Rebecca donne toujours son 100 %. Elle devait se donner en spectacle, être souriante, dynamique, amusante et responsable, avoir une belle énergie, etc. Les enfants devaient *sentir* et vivre l'expérience Disney. Chaque employé avait un rôle bien précis et ne devait pas sortir de son personnage, pas même une seule seconde.

La dernière fois que sa famille l'a vue avant sa disparition, c'était aux funérailles de son grand-père maternel. Il est décédé alors que Rebecca était en croisière. La jeune femme a dû retourner en Angleterre d'urgence pour être auprès de sa famille. Puis, après deux semaines, Rebecca s'était finalement rendue à Los Angeles juste à temps pour embarquer sur le navire qui se rendrait à Puerto Vallarta, au Mexique.

Ce fut le dernier voyage de sa vie.

Un appel de l'autre bout du monde

Le 22 mars 2011, Mike et Ann Coriam ont reçu un appel provenant de l'Amérique. Il était environ 20 h. C'était une collègue de Rebecca, qui parlait d'une voix exaltée. Rebecca ne s'est pas présentée à son poste à 9 h, ce matin-là. Depuis, elle était introuvable. Les Coriam, sous le choc, ne comprenaient pas ce qui était en train de se passer. Comment leur fille pouvait-elle avoir disparu d'un bateau de croisière ? Je ne peux m'imaginer l'angoisse que les parents ont dû ressentir : « Elle ne doit pas être très loin… » « À moins qu'elle ne soit tombée dans l'eau ? » « Impossible… » Des questions sans réponse se bousculaient dans leur esprit.

Tout ce qui a suivi s'est déroulé très rapidement. Disney leur a payé des billets d'avion pour qu'ils puissent se rendre à Los Angeles. On leur a assuré qu'ils allaient recevoir le « traitement royal Disney ».

Les Coriam ne savaient pas ce que ça voulait dire ; ils avaient peur de le découvrir...

À l'aéroport, une voiture blindée est venue les chercher pour les accompagner à l'hôtel. Ensuite, ils ont été emmenés sur le bateau pour rencontrer les enquêteurs. Mais le couple a dû passer par une entrée secrète pour pénétrer sur le navire : c'était important qu'ils soient à l'écart des touristes, que ceux-ci ne sachent pas qu'un malheur s'était produit sur une croisière Disney. Est-ce que l'entreprise avait peur que les Coriam alertent les médias pour parler de la disparition de leur fille ?

Puisque le bateau de croisière avait été enregistré aux Bahamas, il appartenait aux autorités de l'archipel de se charger de l'enquête pour retrouver Rebecca. Les inspecteurs ont bien vite informé ses parents des démarches qu'ils avaient entreprises jusqu'alors. En premier lieu, la cabine de la jeune femme avait été inspectée et on l'avait bien sûr appelée sur l'intercom du navire. Mais comme on ne pouvait pas ralentir la trajectoire du bateau ni faire demi-tour, la croisière avait continué son chemin sans s'arrêter. Il a donc fallu faire appel à la garde côtière américaine et à la marine mexicaine pour sonder les eaux environnantes. Rien n'a été trouvé. L'inspecteur principal sur l'affaire, Paul Rolle, a interviewé six employés pour savoir ce qui était arrivé à Rebecca. Aucun n'avait la moindre idée de ce qui avait pu se produire.

Ultérieurement, on a montré une vidéo des caméras de surveillance du bateau aux parents de Rebecca.

L'enregistrement du 22 mars 2011 montrait l'image floue d'une salle. C'était le *lounge* réservé aux employés du bateau, celui qui était situé près du pont numéro 5. À 5 h 45 le matin, on voit Rebecca y entrer et passer un appel sur le téléphone interne qui permet de communiquer entre employés. Elle semble habillée avec des vêtements d'homme, trop grands pour elle. On peut vite s'apercevoir qu'elle n'est pas dans son assiette. À un moment, on la voit prendre sa tête entre ses mains, signe de panique. Un employé s'approche de la jeune femme. On ne peut pas savoir ce qu'il lui dit, mais on peut lire la réponse de Rebecca sur ses lèvres : « *Yeah, fine.* » Ensuite, Rebecca quitte le *lounge* d'un pas rapide, les mains dans les poches arrière de son pantalon, un geste qui lui était familier, selon les Coriam. C'est la dernière image qu'on a de Rebecca sur le bateau et, a priori, la dernière fois qu'elle a été vue par quelqu'un à bord. Par la suite, lorsqu'elle ne s'est pas présentée à son quart de travail à 9 h, il a vite été évident que quelque chose n'allait pas. On présume donc que Rebecca aurait disparu entre 6 h et 9 h du matin.

Les parents de Rebecca ont demandé à obtenir une copie de cet enregistrement, celui des derniers instants avant la mort – supposée – de leur fille. Disney a fermement refusé d'accéder à cette simple requête.

Après quelques jours d'enquête, l'inspecteur Rolle a remis aux parents de Rebecca une unique sandale, en leur disant : « Cette sandale appartient à Rebecca.

Elle a été retrouvée sur le pont numéro 5, près de la piscine des employés. » Après le long silence de Mike et d'Ann, c'est devant leur regard rempli de questions qu'il a donné ses conclusions : « Rebecca a été emportée par une grosse vague. » Le lendemain, le capitaine du bateau a offert ses condoléances aux Coriam et une rapide cérémonie d'adieu a été organisée près de la piscine des employés. Des collègues de Rebecca ont jeté quelques fleurs à l'eau. Et, juste comme ça, le dossier était clos.

Des incohérences dans l'enquête

Après cette enquête pour le moins expéditive, l'entreprise a remis les quelques effets personnels de Rebecca aux Coriam et les a vite renvoyés en Angleterre. Dans leur valise se trouvait la fameuse sandale blanche, le passeport de Rebecca et un short en jeans visiblement déchiré. Ses parents étaient surpris d'avoir la permission de rapporter ces objets à la maison. Les policiers n'en auraient-ils pas besoin si l'enquête était ouverte à nouveau ? Mais apparemment, l'affaire était close et Disney était déjà à la recherche d'une remplaçante pour Rebecca. Cependant, pour les Coriam, c'était loin d'être terminé. L'idée que leur fille soit passée par-dessus bord était improbable. En fait, ça leur semblait presque impossible. Que s'était-il réellement passé ce matin-là ?

Puisqu'ils savaient que la police des Bahamas ne leur serait d'aucune aide, les Coriam ont vite fait appel à un détective privé, Roy Ramm, pour qu'il mène sa propre enquête. La première chose qu'il a faite fut d'inspecter la sandale de Rebecca. Les Coriam doutaient que cette sandale appartienne à leur fille puisqu'elle n'était pas du tout son style. De plus, elle n'était même pas de la bonne pointure et était identifiée au nom d'un autre employé du bateau. Donc, le seul élément permettant de prouver la thèse de l'accident n'était même pas fiable. Pourquoi avait-on affirmé que cette sandale appartenait à Rebecca ? Cette contradiction évidente était loin d'être la seule erreur commise durant l'enquête. Ainsi, la police des Bahamas avait assuré que les eaux environnant le navire au moment de la disparition avaient été sondées en profondeur. Mais en questionnant les responsables des fouilles, le détective Ramm s'est rendu compte que les coordonnées qui avaient été données à la garde côtière américaine étaient erronées. Le peu de temps consacré à chercher Rebecca n'avait même pas servi à inspecter le bon endroit ! Cette affaire était un vrai cauchemar !

Ramm s'est ensuite infiltré à bord du navire et s'est rendu à la piscine réservée au personnel, où Rebecca aurait soi-disant été emportée par une vague. Cette mise en scène lui parut tout de suite curieuse puisque des murs de près de deux mètres de hauteur entouraient la piscine. Pour qu'une vague puisse se rendre jusqu'à Rebecca, elle aurait donc dû être très haute. Personne d'autre n'avait vu cette vague gigantesque ? De plus, en consultant la météo de ce matin fatidique, il s'est aperçu que les conditions étaient plutôt idéales pour naviguer en haute mer. L'eau était calme et la température douce. Il n'y avait aucune tempête à l'horizon. Comment une seule vague hasardeuse aurait-elle pu apparaître au milieu de la tranquillité de l'océan Pacifique et emporter Rebecca ?

C'est à ce moment que le détective Ramm a jugé que son enquête ne porterait pas sur un simple accident, mais bien sur un possible homicide. Du moins, jusqu'à preuve du contraire…

Ramm s'est ensuite tourné vers les images de l'appel mystérieux effectué par Rebecca juste avant de disparaître. L'enregistrement de la caméra de surveillance avait été modifié, de sorte qu'on ne puisse voir où était située la caméra de surveillance, mais aussi l'heure exacte de la vidéo. Une chose qui est certaine est qu'elle parlait à un autre employé du bateau, puisque le téléphone qu'elle a utilisé ne permettait qu'une communication interne. Qui était cette personne, mais surtout, pourquoi ne s'était-elle pas prononcée sur les raisons de cet appel ? Les détectives privés ont parfois recours à des méthodes douteuses mais efficaces pour arriver à leurs fins. D'une façon qu'on ignore, Ramm a réussi à mettre la main sur la version originale de la vidéo de caméra de surveillance du *lounge* où Rebecca a fait son dernier appel. Depuis le début, les policiers affirmaient que Rebecca était au *lounge* situé sur le pont numéro 5, près de la piscine réservée aux employés. Mais sur l'enregistrement, au bas de l'écran, on peut observer que cette information est fausse. Rebecca se trouvait en fait sur le pont numéro 1. Pourquoi avoir menti sur un tel détail ? Est-ce que ces mensonges ont été faits dans le but de rendre plus plausible la thèse de la noyade ? Il est clair que les directeurs du bateau ne voulaient pas qu'on connaisse l'emplacement réel de la caméra de surveillance, puisque l'enregistrement avait été modifié afin de cacher le lieu où Rebecca était ce matin-là. Mais il restait d'autres questions importantes. Que faisait-elle debout à 5 h 45 du matin ? Pourquoi portait-elle des vêtements d'homme au moment de l'appel ? À qui appartenaient ces vêtements ? Est-ce que Rebecca avait un petit ami ?

Ramm a tenté d'interroger certains collègues de Rebecca afin d'en apprendre plus sur la jeune femme, mais aussi sur son comportement au travail durant les derniers mois. Il a eu la surprise de constater que les policiers en charge de l'enquête précédente avaient interrogé six employés… sur les 950 présents sur le bateau lors de la disparition de Rebecca ! Plus étonnant encore, aucun des 2 000 passagers à bord du bateau ne s'était fait questionner. Le détective privé a déclaré que « l'enquête effectuée par la compagnie Disney [était] une vraie insulte envers les Coriam » ! Il n'avait pas tort. Lors d'une disparition, il faut agir vite et mettre tous les effectifs de son côté afin de retrouver la personne disparue avant qu'il ne soit trop tard. Rien de tout ça n'a été fait !

L'un des membres de l'équipage, qui préfère garder l'anonymat, a confié à Ramm qu'il était sûr à 100 % que Disney savait ce qui était arrivé à Rebecca. Selon lui, tous les appels ayant lieu sur le navire sont enregistrés par la compagnie. Les employés du bateau n'ont aucune intimité. Disney enregistre TOUT. Ainsi, il est certain que Disney possède un enregistrement de l'appel mystérieux de Rebecca mais, bien sûr, jamais la compagnie ne prendra le risque de l'avouer. Un autre employé a dit à Ramm que Disney a ordonné à ses employés de ne rien dire au sujet de la disparition de Rebecca Coriam. Lorsqu'ils étaient interrogés à ce sujet, ils devaient répondre automatiquement : « Je n'en sais rien. »

En octobre 2011, un journaliste du nom de Jon Ronson est rapidement devenu obsédé par cette affaire. Qu'était-il réellement arrivé à Rebecca ? Ronson a réussi à obtenir les enregistrements des caméras de surveillance de la piscine située sur le pont numéro 5, l'endroit où Rebecca aurait été emportée par une vague.

Après avoir visionné les trois heures d'enregistrement, il a pu établir qu'entre 5 h 45 et 9 h, rien ne s'était passé sur ce pont. Aucune vague digne de Moby Dick ne s'y était échouée. Mais surtout, il n'y avait aucune trace de Rebecca.

Rebecca aux quatre coins du monde

Quelques mois après sa disparition, les parents de Rebecca ont remarqué que son mot de passe Facebook avait récemment été changé. Est-ce que quelqu'un avait accès à son compte ? Pourquoi changer son mot de passe ? Est-ce que le compte Facebook de Rebecca contenait des messages incriminants ? Le plus étrange est que, durant la même période, des transactions bancaires ont été effectuées sur le compte de Rebecca. Est-ce que quelqu'un aurait volé sa carte de crédit ? Pire, est-ce que c'était Rebecca elle-même qui se servait de sa carte ?

Dans presque chaque histoire de disparition, les témoignages de gens qui disent avoir aperçu la personne disparue ne manquent pas. Parfois, ce sont des gens qui appellent de bonne foi en croyant réellement avoir aperçu la victime, d'autres fois ce sont des profiteurs qui veulent tenter leur chance d'obtenir la récompense offerte. Presque un an jour pour jour après la disparition de Rebecca, une femme a envoyé un courriel à Mike Coriam en lui disant qu'elle était sûre à 85 % d'avoir vu Rebecca à Paris. La jeune femme qu'elle avait vue était le portrait craché de Rebecca et elle marchait, main dans la main, avec un homme aux cheveux foncés. Évidemment, les Coriam n'ont pas accordé trop d'importance à cette histoire. Comment Rebecca se serait-elle rendue à Paris sans son passeport ? Mais surtout, comment aurait-elle débarqué du bateau sans que personne s'en aperçoive ? Ce genre de témoignages qui se veulent bienveillants sont souvent ignorés par les proches des disparus, mais ils laissent quand même des questionnements. L'arrière-goût revient toujours dans la bouche. Et si, cette fois-ci, c'était bien elle ? La théorie que Rebecca soit toujours vivante et qu'elle se cache de sa famille semble plutôt ridicule aux yeux des Coriam. Jamais Rebecca ne pourrait être séparée de ses parents aussi longtemps.

En 2013, les Coriam ont entamé une poursuite judiciaire contre Disney en raison de l'enquête bâclée concernant la disparition de leur fille, mais aussi à cause des incohérences et des mensonges de la compagnie dans cette affaire. En 2015, Disney et les Coriam ont décidé de régler le tout à l'amiable sans procès. Les Coriam ont reçu une somme d'argent de la part de Disney en guise de dédommagement. Le montant de la somme n'a jamais été rendu public.

Un triangle amoureux

En 2017, de nouvelles informations ont vu le jour quand une amie de Rebecca a enfin décidé de briser le silence. Tracie Medley, une ancienne collègue, décrit Rebecca d'une manière bien différente du portrait que les médias ont peint de la jeune Anglaise. Apparemment, Rebecca aimait faire la fête jusqu'aux petites heures du matin et elle consommait plusieurs drogues dures. Tracy affirme également avoir passé la nuit du 21 mars avec Rebecca. Les deux copines auraient eu des relations sexuelles avec un autre employé du bateau, Deven Hyde, un ami de Tracie. C'est Rebecca qui aurait fait les premiers pas en embrassant Hyde. Après les ébats sexuels de cette fameuse nuit, Rebecca aurait pris sa douche et aurait soudainement quitté la chambre en disant qu'elle avait besoin d'« aller marcher ». Elle a dit à Tracie de ne pas verrouiller la porte, qu'elle reviendrait, mais n'est jamais revenue. Tracie Medley a confié aux médias que deux semaines avant de disparaître, Rebecca semblait très déprimée, qu'elle n'était pas dans son état normal. D'autres collègues ont pu confirmer ces affirmations en disant que Rebecca et Tracie avaient une relation assez passionnelle et intense depuis juin 2010. Lorsque Hyde, l'ex-petit ami de Tracie, s'est « incrusté » dans leur relation, Rebecca est devenue très mal à l'aise et plutôt jalouse. Tracie, maintenant âgée de 29 ans, est persuadée que le matin du 22 mars, Rebecca s'est suicidée en se jetant par-dessus bord.

Ce n'était pas la première fois que Rebecca parlait de suicide. Tracie raconte que la nuit avant sa disparition, Rebecca était allée cogner à sa porte en pleurant. En état de panique, Rebecca lui avait dit qu'elle avait essayé de se jeter dans l'océan, mais qu'elle n'avait pas eu le courage de le faire. Tracie avait passé la nuit entière à consoler Rebecca. Durant l'enquête, Tracie Medley avait fait une déclaration officielle sur sa soirée passée avec Rebecca la nuit avant sa disparition. Les enquêteurs ne l'ont pas interrogée davantage et les Coriam n'ont jamais été informés de l'état mental dans lequel se trouvait Rebecca avant de disparaître. Pour les Coriam, la thèse du suicide est inconcevable. Rebecca était loin d'être dépressive et suicidaire. Bien sûr, elle était triste de la mort récente de son grand-père, mais jamais elle ne se serait suicidée pour un chagrin d'amour.

La théorie du suicide est la plus probable, mais quelques éléments restent sans réponse. Qu'en est-il de la sandale retrouvée ? Du mot de passe Facebook changé ? Et si Rebecca avait bel et bien eu des relations sexuelles cette nuit-là, mais qu'elle n'avait jamais donné son consentement ? Aurait-elle pu être victime d'un viol ? Après la disparition de Rebecca, des amies de celle-ci ont visité les Coriam afin de dévoiler ce que

Rebecca leur avait confié quelques semaines auparavant. Apparemment, Rebecca leur avait dit qu'elle avait une peur constante de se faire agresser sexuellement sur le navire. Ce témoignage a complètement choqué Mike et Ann, qui ignoraient que leur fille pouvait être en danger. Après tout, y a-t-il un endroit plus sécuritaire qu'une croisière familiale Disney ? Et si, la nuit du 21 au 22 mars, Rebecca avait été violée ? Ça pourrait expliquer son short déchiré, son appel de détresse, ses vêtements trop larges enfilés en vitesse... Peut-être que son agresseur a réussi à attraper Rebecca avant qu'elle se rende aux autorités. Peut-être même que, pris de panique, il a jeté sa victime par-dessus bord. Est-ce que la page Facebook de Rebecca comprenait des informations compromettantes, voire des menaces ?

Après huit ans, il est difficile de connaître la vérité.

Tristement, que Rebecca ait été victime d'une vague immense, d'un viol horrible, d'un meurtre imprévu ou de ses propres démons, elle est toujours portée disparue. À mes yeux, une chose est évidente, Disney a fait tout ce qui était en son pouvoir pour que la disparition de Rebecca passe sous le radar. Imaginez les gros titres qui auraient pu faire la une des journaux !

DES DROGUES DURES CIRCULENT SUR LES BATEAUX DE CROISIÈRE DISNEY

DES ORGIES LESBIENNES ORGANISÉES PAR DES EMPLOYÉS DE DISNEY

UNE JEUNE FEMME DE 24 ANS TOMBE DANS L'OCÉAN ALORS QU'ELLE ÉTAIT SUR UN BATEAU DE CROISIÈRE DISNEY

LA COMPAGNIE DISNEY ENGAGE DES MEURTRIERS

UN SUICIDE EN PLEIN JOUR SUR UN BATEAU DE CROISIÈRE DISNEY

Quelle que soit la raison de la disparition de Rebecca, les dommages auraient pu être irréparables pour Disney. Si Rebecca a vraiment été victime d'un accident bête et qu'elle est tombée par-dessus bord, ça veut dire que les bateaux de Disney sont non sécuritaires. Si Rebecca s'est suicidée, ça insinue que Disney ne prend pas bien soin de ses employés. Si Rebecca a été victime d'un viol, ça signifie que nos enfants sont en danger sur les croisières Disney ! Il n'y a aucune façon pour la compagnie de gagner cette bataille. Il lui est donc plus facile de mettre en scène un accident totalement hors de son contrôle, soit une vague immense et imprévisible. Loin de moi l'envie d'adhérer aux théories du complot, mais il est clair que le tourisme est une industrie puissante dont il faut se méfier. Dans n'importe quel pays du monde, dans n'importe quelles circonstances, il faut toujours être prudent et prévoir le pire.

Gardez TOUJOURS l'œil ouvert.

Conclusion

Je souhaite que ces histoires vous hantent comme elles m'ont hantée.

Que Diane, Thomas, James, Donald, Timmothy, Nathalie, Johnny, Eugene, Marc, Brandon, Jean, Andrew, Alex, Ray, les Méchinaud, Laureen, Rachael, Denise, Tammy Lynn, Shirley, Christopher, Rose, Rebecca et toutes les femmes qui disparaissent chaque jour au Mexique soient retrouvés.

Qu'on mette fin à l'enfer que vivent les familles et les proches et que justice soit faite.

REMERCIEMENTS

J'aimerais commencer par remercier mes parents, Claire et Alan. Des parents formidables qui m'ont toujours encouragée à me dépasser et à explorer mon côté créatif. Maman, ta vision s'est réalisée, je suis enfin sur la couverture d'un livre ! Papa, merci de m'avoir transmis ta passion pour l'écriture et la lecture.

Merci à mon mari, César, l'homme de ma vie. Merci de me laisser vivre de ma passion et d'écouter mes histoires morbides chaque jour durant l'heure du souper !

Merci à ma sœur Paméla, ma meilleure amie, qui se force à regarder mes vidéos même si ça lui fait peur.

Merci à ceux qui m'ont aidée à concocter ce livre : Caroline, mon éditrice, mes agentes Sonia Gagnon et Elizabeth Léger, Émile et Sébastien de Distorsion, Marie-Charlotte Castonguay, qui m'héberge à chaque séjour à Montréal, et les proches des victimes qui m'ont aidée durant la rédaction, Sabin Champigny et Kevin Gosden.

Mais surtout, merci à tous mes fidèles Charltonistes, qui ont pu m'aider à réaliser mon rêve d'écrire un livre ! Cet ouvrage est né de votre soutien, de vos commentaires, de vos théories, de vos critiques constructives et, surtout, de votre amour ! Merci mille fois !

RESSOURCES

Vous désirez en savoir plus sur ces personnes disparues ? Vous pensez détenir des informations ? Voici les sites Internet à consulter et les numéros à composer.

LAUREEN RAHN
Manchester Police Department : +1-603-668-8711
http://www.manchesternh.gov/Departments/Police
National Center for Missing & Exploited Children :
http://www.missingkids.com/
Namus : https://www.namus.gov/

RAY GRICAR
Bellefont Police Department : +1-814-353-2320
https://bellefonte.net/departments/police/
Namus : https://www.namus.gov/

TIMMOTHY PITZEN
Aurora Police Department : +1-630-256-5000
https://www.aurora-il.org/342/Police-Department
National Center for Missing & Exploited Children :
http://www.missingkids.com/
Namus : https://www.namus.gov/

JEAN SPANGLER
Los Angeles Police Department : +1-213-485-5381
http://www.lapdonline.org/

LA FAMILLE MÉCHINAUD
Commissariat de police de Cognac : +33 5 45 36 38 50
https://www.ville-cognac.fr/Police-Nationale-Commissariat.html

DIANE AUGAT
Pasco County Sheriff : +1800-854-2868
https://pascosheriff.com/
Namus : https://www.namus.gov/

JOHNNY GOSCH
http://www.johnnygosch.com/
West Des Moines Police Department : +1-515-223-3211
http://www.wdm.iowa.gov/government/police
National Center for Missing & Exploited Children :
http://www.missingkids.com/
Namus : https://www.namus.gov/

ROSE JEWETT
Idaho Police Department :
https://www.idahofallsidaho.gov/153/Police-Department

NATHALIE CHAMPIGNY
https://www.fondationnathaliechampigny.com/
Page Facebook :
https://www.facebook.com/Nathalie.Champigny.Disparue/
La Sûreté du Québec :
https://www.sq.gouv.qc.ca/centrale-de-linformation-criminelle/

BRANDON LAWSON
+1-512-424-5074
http://www.missingbrandonlawson.com/
Page Facebook :
https://www.facebook.com/helpfindbrandonlawson/
Texas Department of Public Safety :
https://www.dps.texas.gov
Namus : https://www.namus.gov/

ANDREW GOSDEN
http://helpustofindandrew.weebly.com/
Groupe Facebook :
https://www.facebook.com/groups/missingandrewgosden/
Email : 116000@missingpeople.org.uk
South York Police Department : +44-114-220-2020
https://www.southyorks.police.uk/

CHRISTOPHER KERZE
Eagan Police Department : +1-612-454-3900
https://www.cityofeagan.com/police
National Center for Missing & Exploited Children :
http://www.missingkids.com/
Namus : https://www.namus.gov/

REBECCA CORIAM
+44-77-4-939-5359
http://www.rebecca-coriam.com/
Email : help@rebecca-coriam.com

Table

PAPIER À BASE DE FIBRES CERTIFIÉES

Le Livre de Poche s'engage pour l'environnement en réduisant l'empreinte carbone de ses livres. Celle de cet exemplaire est de :
250 g éq. CO_2
Rendez-vous sur www.livredepoche-durable.fr

Composition réalisée par PCA

Achevé d'imprimer en France par
CPI BRODARD & TAUPIN (72200 La Flèche)
en novembre 2022
N° d'impression : 3050825
Dépôt légal 1re publication : octobre 2022
Édition 02 - novembre 2022
LIBRAIRIE GÉNÉRALE FRANÇAISE
21, rue du Montparnasse – 75298 Paris Cedex 06

41/6138/7